dois por engano

romance

IAN UVIEDO

IAN UVIEDO

dois por engano

romance

Editores
María Elena Morán
Flávio Ilha
Jeferson Tenório
João Nunes Junior

Capa: Cintia Belloc
Foto de capa: Rafael Trindade
Projeto e editoração eletrônica: Studio I
Revisão: Press Revisão

Dados Internacionais de Catalogação

U94d Uviedo, Ian
Dois por engano / Ian Uviedo. - Porto Alegre : Diadorim Editora, 2023.
156 p. ; 14cm x 21cm.
ISBN: 978-65-85136-06-8
1. Literatura brasileira. 2. Romance. I. Título.

2023-1411
CDD 869.8992301
CDU 821.134.3(81)-34

Elaborado por Vagner Rodolfo da Silva - CRB-8/9410
Índice para catálogo sistemático:
1. Literatura brasileira : Romance 869.8992301
2. Literatura brasileira : Romance 821.134.3(81)-34

Diadorim Editora
Rua Antônio Sereno Moretto, 55/1201 B
90870-012 - Porto Alegre - RS

Eles são dois por engano. A noite corrige.
Eduardo Galeano

I. INVERNO

Aos olhos de Melissa

Eles dois estão cansados de andar. Começaram há mais de duas horas e já é difícil contar quantas vezes ela enroscou o braço no sobretudo dele, quantas vezes ele parou e se espreguiçou para depois acender um Marlboro e retomar a marcha, quantos gatos ela fez questão de agachar e acariciar. Às três da manhã, ele vê o rosto dela — talvez ainda mais branco, tamanha a escuridão — iluminado pelo néon de um letreiro: hotel.

O palacete de esquina se parece mais com um motel ou uma pensão. Quando os dois entram no hall, percebem um par de senhoras que assistem televisão no fundo do cômodo; a tela mostra bailarinas de show anunciando alguma premiação e a música, que se pretendia animada, chega até eles parecendo chiado de rádio. As duas idosas estão imóveis, como se estivessem ali desde sempre ou como se já nem estivessem ali há muito tempo.

É ele quem fala com a recepcionista, uma mulher negra com o semblante a um só tempo severo e irônico, que os olha como se fossem fugitivos, personagens saídos de algum *road movie*. Estão cansados demais para ensaiar qualquer justificativa e enquanto ele preenche a rubrica com o número de seu documento e assina um papel, ela já pegou a chave e está subindo para o quarto pela escada.

O nome dele é Alberto Flores. Mede um e setenta e oito, pesa setenta e cinco quilos e tem os ombros tensos feito uma gárgula. O sobrenome Flores — que é como os poucos amigos que tem o chamam — vem da família do pai, cujos avós chegaram na América quando a Argentina ainda era vice-reinado da Espanha. É um homem discreto e calado porque não quer ser julgado. Sente que muitos dos seus passos são em falso e que seus atos correspondem a um pecado numa cartilha desconhecida. A sensação de estar sendo observado o empresta um charme que consiste em mexer muito nos cabelos castanhos que fedem a cigarro e manter uma mão sempre suspensa no ar, à altura do botão central de seu sobretudo preto, como se estivesse com o braço engessado. Nasceu em Buenos Aires e com seis anos já estava no Brasil. Passados tantos anos desde que desceu as escadas do aeroporto de mãos dadas com a mãe, porém, rejeita a naturalização, reivindicando sua condição de estrangeiro. Ele e ela ocupavam um quarto na casa que possuía uma amiga de sua avó. Cresceu cercado de mulheres. O pai era uma presença inconstante. A tal amiga da avó, quando ele era mais velho, lá com seus doze anos, gostava de castigá-lo quando sua mãe não estava, batendo em suas coxas com a mangueira do quintal. Nada disso durou muito. Ao completar dezoito e ver-se dispensado do serviço militar, tratou de encontrar um emprego, casar e mudar de casa. É um homem que gosta de bebidas geladas, sal e precisa dormir muito — o que, é claro, não consegue.

Ela se chama Melissa Zoratte, outra descendente de imigrantes espanhóis, que nesse caso aportaram no México entre 1870 e 1920. Todos a chamam de

Lissa. Neta de mexicanos, pertence à segunda geração da família Zoratte a nascer no Brasil, e sob uma situação favorável: em sua infância havia uma grande casa e um quintal com pitangueiras, jabuticabeiras e salgueiros, os pais tinham trabalhos fixos e viveram juntos até a morte de seu pai. Mesmo assim, ao fazer dezesseis anos, foi atrás de suas origens no Distrito Federal mexicano. Depois de morar com a avó durante dois anos num complexo residencial na periferia, trabalhando como garçonete em meio período alternado com os estudos, conseguiu um estágio num estúdio de design e mudou-se para uma república no Centro, onde viviam mais seis jovens aficionados por música e poesia e arte que tinham arranjado aquele casarão por um preço quase nulo para cada. Os motivos disso eram claros. Muitas vezes, ao longo do mês a água quente parava de correr nos canos e a eletricidade era cortada. Infiltrações enormes se arrastavam pelo teto dos quartos. O chão de tacos e as brechas na calha do telhado deixavam todo o frio do inverno mexicano vir se deitar com eles na cama, e nas temporadas chuvosas nunca havia panelas e baldes suficientes para controlar as goteiras. Ela tem um e sessenta e sete de altura, pesa cinquenta e oito quilos e tem cabelos pesados e escuros, que às vezes ela trança ou amarra num coque, embora os prefira soltos. É uma mulher que abomina televisão, tem gosto por açúcares e publicou um livro de poesia do qual se envergonha um pouco.

Setenta e oito noites depois de terem se encontrado pela primeira vez, num bar na região central de São Paulo, onde Flores saía para caminhar sozinho, afastar os demônios do passado e distanciar-se de Corina, a mulher com quem dividia o quarto e, para todos os efeitos, a vida, e acabava aportando em algum balcão para tomar uma dose de conhaque ou uma cerveja e ficar observando o movimento do recinto, sentindo-se apenas mais um ponto na malha infinita da cidade, um ponto atravessado por tantos outros pontos o tempo inteiro numa velocidade impressionante, calhou que um dos pontos tinha a forma de uma garota de gestos tímidos e jaqueta de camurça escura que se encostou no balcão e encomendou um maço de Camel azul, contrariando todos os seus instintos e princípios mais básicos, ele puxou assunto com ela, descobriu que seu nome era Lissa, que parte do seu sangue era asteca e por isso ela tinha facilidade em pronunciar tês seguidos de eles e cês, e pôde contar um pouco da sua história, como aquela noite transparecia uma situação solitária, por mais que houvesse alguém esperando por ele no apartamento, e como ele não conseguia voltar, como a cada vez que saía para caminhar, mais aumentava sua vontade de desaparecer, e os dois bufaram aquele característico 'é foda' ao mesmo tempo, o que serviu para fazer mais um traço no desenho da cumplicidade que começava a se formar naquela noite, tão sortida de luzes, pessoas perdidas, desencontros, e, surpreendentemente, ele pensa, um único encontro.

Lissa senta na cama de casal, percebe como é dura e tira da bolsa um cantil de alumínio que sempre leva consigo. Dessa vez a garrafinha está cheia de conhaque. Após tomar um gole generoso, ela olha para ele e o vê tentando forçar ao máximo a janela para poder fumar sem ser importunado por eventuais alarmes de incêndio, e embora ela ache graça na força e na irritação que ele está empregando nisso, sente um pouco de pena e não pode deixar de pensar que foi ela quem fez sua vida desandar até quase parar. Considera por um instante levantar-se, abraçá-lo por trás e oferecer um gole da bebida. Não é como se ele estivesse num momento introspectivo, visto como luta contra o trinco da janela para que ela fique suspensa fora do quarto sem retornar, mas ainda assim aquele é um instante que pode pertencer só a ele e é fácil considerar que a indignação com que Flores está lutando contra a janela representa sua indignação geral: o absurdo da situação em que se encontram, seu sentimento de traição, a ideia de que tudo vem dando errado desde o primeiro passo que deu sobre a terra. Lissa não quer interferir nisso porque, como poeta que é, compreende que esse tipo de insignificância pode ser determinante para o caso entre eles — o caso, o romance, o lance, o *affair*, chame como preferir. Ao mesmo tempo, a pena é um sentimento instintivo que inspira o cuidado e talvez um abraço bem dado, um gole de conhaque, sejam o que é necessário para que toda a tensão relaxe ao menos por um segundo, um longo segundo, o tempo dele vir deitar-se com ela na cama depois de duas horas de caminhada num frio do demônio. Nesse momento, Lissa está no limbo entre deixar Flores na tentativa de estrangular seu próprio passado e trazê-lo para a ideia incerta de um futuro. Esse tipo de transigência não a anima muito; ela não saiu do Brasil para viver no México em condições, senão deploráveis, bastante desagradáveis para voltar ao Brasil e ficar quebrando a cabeça com o escândalo silencioso de um homem que a seduziu acidentalmente, sem se dar conta de seu charme e de seu sexo, que, no entanto, no segundo gole de conhaque, começam a parecer um pouco caros. Ela decide que não queria estar ali, mas isso não é necessariamente um problema. É tudo uma questão de se ela vai ou não abraçá-lo, se vai ou não oferecer a ele um gole de sua bebida, se vai criar ilusões ou se já está pronta para entregar-se à melancolia que toma conta de todas as suas experiências. Ela se encosta na cabeceira da cama e tira os coturnos. Não tem problemas em beber aquele conhaque puro e hoje ele parece saboroso, embora — e os dois sabem disso — seja um conhaque péssimo. Imersa que estava em elucubrações, só agora reparou que a batalha de Flores contra a janela — e o passado — alcançou uma trégua, e ele está curvado para fora, com um cigarro na boca.

Camurça

1

São duas da manhã e você está sentada na mureta que serpenteia todo o vão do MASP, observando o movimento escasso da Avenida Nove de Julho. É inverno, dias curtos abrem espaço para noites frias. O casaco de camurça preta comprado numa feira de rua no México há três anos te protege. Ele esteve junto em tantos momentos difíceis que você o considera um amigo, uma companhia fiel que guarda consigo o cantil de conhaque e o maço de Camel azul.

Você não sabe exatamente o que está fazendo ali, nem de onde veio a vontade de sair do apartamento e caminhar sem rumo Consolação acima. Se sua avó soubesse que você desenvolveu esse hábito desde que voltou para São Paulo, decerto ficaria espantada e faria o possível para te convencer a subir todo o continente outra vez. Mas isso não importa. Em madrugadas assim, as paredes de seu quarto no décimo terceiro andar parecem mais próximas, deixando o espaço que te cabe nessa cidade imensa ainda menor. Você tenta ler, escrever notas no caderninho, dar play num filme antigo, mas tudo perde aderência no instante que é tocado por você, como se todos os objetos estivessem emburrados de você, e só o que resta é vestir o casaco, descer as escadas, atravessar o portão e vagar por umas horas pelas ruas desta cidade onde as noites *son tan peligrosas para las mujeres*, como sua avó tinha dito no aeroporto.

No meio da Augusta, você pensou em Alberto. Na verdade, você tem pensado muito nele esses dias, sobretudo depois que sua menstruação, outrora tão pontual, não compareceu. Em todas as imagens que você visualiza, Alberto aparece como um personagem lateral, algo que espreita e dá contorno a cada um dos seus pensamentos. Isso não é agradável. A última coisa que você precisa é diluir parte da sua identidade naquele sujeito alto, paranoico e inconstante. Os últimos anos têm sido sobre recolher cacos e colá-los com cuidado num vaso que representa a sua integridade, não faz sentido apoiá-lo numa superfície tão bamba. Se ao menos existisse algum ruído entre vocês — um ruído real, não esse anseio, esse apito dos dias ganhando pressão —, a possibilidade de uma ruptura poderia se divisar com mais facilidade, mas não; o sexo é o melhor que você já experimentou nessa parte do hemisfério, as conversas e caminhadas correm com perfeição fluvial e estar ao lado dele, segurar o braço de seu sobretudo, sentir-se observada por ele enquanto faz carinho em gatos de rua, dividir um croissant de carne e uma dose de conhaque no boteco com ele, tudo isso faz um estranho sentido. Acontece que você já é crescida o suficiente para compreender que não passa de ilusão de ótica, que Alberto Flores não é melhor do que ninguém, e talvez a verdade seja que ele não passa de um cara arrogante e equivocado, que tem dificuldade de se libertar da própria adolescência. A curto prazo, pode parecer sedutor, mas as chances reais de que isso não termine numa catástrofe são quase nulas. Você sabe que ele está naufragado num relacionamento (talvez isso seja o motor de tudo, você pensa), e que, embora ele não sinta nada pela mulher com quem se deita para dormir, ele ainda se deita com ela, e se você continuar assumindo esse caráter de aparição noturna, simples parceira de caminhadas, as coisas não vão mudar e você vai outra vez se ver lançada num purgatório onde as suas opiniões e vontades não possuem nenhum valor.

Agora, sentada com as luzes da Nove de Julho nos olhos, você aperta o teste de gravidez dentro do bolso do casaco de camurça e olha para uma correria de ratos negros debaixo dos seus pés. Você pensa sobre a palavra praga e se lembra que de noite a cidade volta aos seus verdadeiros donos: seres subterrâneos, escuros, cheios de doenças e feridas. Nos últimos tempos, essa comunhão com a megalópole tem sido sua única oportunidade de ficar a sós consigo mesma. O vento norte agita tanto seus cabelos que você precisa segurá-los com a mão esquerda, e esse gesto te leva diretamente a uma noite da semana passada, em que Alberto e você estavam deitados na cama de um quarto na casa de um amigo dele, ele puxou um livro do Mário de Andrade, e citou: "o frio de São Paulo é como uma navalha nas mãos de um espanhol".

2

Você observa sua esposa (ou namorada, ou nem isso, é difícil saber) dormindo e se pergunta como as coisas puderam chegar nesse ponto. São dez para as duas da manhã e ela se vira na cama. Em nada se parece com a mulher que você conheceu há seis anos e cujo corpo, atravessado pela luz da lua listrada pelas grades da janela, o fazia lembrar das fotos de Man Ray. Agora vocês são amigos, primos, irmãos, tudo menos amantes. Você não sabe o que sente por ela. Não é amor. É quase fraternal, um carinho que anseia pela distância mas inspira sentimentos de cuidado, e por isso fica tão difícil simplesmente tacar as roupas e os livros numa mala e ir embora. Por enquanto, o que você pode fazer é se contentar com as caminhadas noturnas. Claro que a presença de Lissa as torna melhores, mais doces e menos melancólicas, mas não é bom contar com isso. Vá sozinho, não se acostume à ternura que começa a se formar entre você e ela. Tudo sempre foi sobre solidão.

Ao pisar na rua, as luzes do Vídeo-Hotel e do Motel Monte Carlo tocam seu rosto e você vê as fileiras de garotas de programa e de sujeitos perdidos desfilando pelas calçadas. Você conhece algumas. Já conversou com elas em suas caminhadas. Três delas acenam ao te ver passar e pedem cigarros que você distribui de bom grado. Você tem a impressão de que elas te consideram mais parte do mundo delas do que do outro mundo, o mundo em que os homens sobem escadas escuras para quartinhos e pagam duzentos reais por um boquete. Elas só te conhecem superficialmente, pelos gestos cordiais e papos rápidos, e outro dia conversaram também com Lissa, para quem não faltaram elogios: era a textura da pele, a cor do cabelo, as roupas, em tudo ela era linda. Elas perguntam "pela sua teteia", se referindo a ela, e, apesar de toda a gentileza, você acende um Marlboro e diz que precisa ir andando. Os bares iluminados a caminho da República te lembram as fotos de Horacio Coppola, e por um segundo você esquece onde está, refletindo sobre como todas as cidades são, na verdade, a mesma cidade repetida à exaustão.

Ao alcançar o Teatro Municipal, vendo-o como uma mancha branca e luminosa erguida no meio do caos, você volta a pensar em Melissa, em como seria agradável compartilhar aquele momento com a garota que até agora você só conhece em espaços transitórios: ruas, hotéis, praças, casas alheias; mesmo que para isso fosse preciso sufocar as inquietações que, você sabe, estrangulam a subjetividade de ambos quando vocês estão juntos, como se vocês só se encontrassem a meio caminho entre o sonho e a vigília, no geral apoiados pela embriaguez e pelos acontecimentos absurdos que tomam espaço nas ruas do centro de São Paulo quando as luzes se acendem. É perceptível que os dois estão caindo em abismos muito diversos, de onde podem só olhar um ao outro, e a coisa toda ia se sustentando em alicerces subjetivos, para não dizer mágicos, mas o funcionamento do corpo de Lissa, o possível encontro entre um espermatozoide e um óvulo e o sangue que não veio trouxeram notícias do mundo real. Chutando pedrinhas enquanto desce pela Rua Capitão Salomão, onde vários homens fumam em frente a cinemas eróticos ou jogam bilhar por detrás das vidraças sujas, você considera que tudo fica mais difícil por conta do ar distante de sua parceira, mas você não pode culpá-la, e sabe disso, já que é você quem tem todos os membros amarrados numa outra história, e que se você não tiver coragem para acabar com tudo, ela irá se cansar e poderá muito bem caminhar sozinha em direção a outro futuro, onde, talvez, exista alguém que não seja uma pessoa que daria tudo para desaparecer.

Quando o balconista despeja uma dose de Dreher à sua frente, você está com um pé na calçada, observando o Anhangabaú se estender como um rio sujo, e pensa como seria ter um filho com Lissa. Ou uma filha. É claro que nesse momento isso parece impossível, com o dinheiro que você ganha não dá nem para adotar um gato, mas se ela quisesse você não ia se opor, iria tirar de onde não existe para perseguir os idealismos que começam a se projetar junto com a fumaça do cigarro e o movimento dos carros. Você vê um menino de cabelos escuros como os dela, as madeixas demarcadas dos seus antepassados argentinos, e ele está correndo pelo pátio de uma casa imaginária numa tarde cheia de sol, e você vê Lissa sentada numa cadeira ao lado de uma grande árvore, e ela parece feliz enquanto fuma e observa o filho de vocês, e encostado no balcão você começa a desejar que isso já seja uma memória, não só um desejo, e toda a realidade se desprende dos seus propósitos outra vez, não importa o que aconteça, esse parece o destino lógico para duas pessoas tristes e sozinhas que se encontraram por acaso na maior cidade da América do Sul e saíram caminhando sem rumo, diferentemente de como você está caminhando agora, em passos firmes de volta pra casa, com a ideia fixa de comunicar suas vontades, pulando poças d'água com a determinação de um clic de Bresson. Tudo para cumprimentar outra vez as garotas de programa, atravessar o portão de metal, subir as escadas num salto, entrar no apartamento, seguir para o quarto, ver Corina, que dorme, abrir o computador, acessar o Facebook, e antes de qualquer coisa ler uma nova mensagem de Lissa, em que ela diz ter finalmente sangrado, logo após o teste ter dado negativo. Seguida à mensagem, uma carinha feliz.

Memória insuficiente

1

Vamos começar do começo. Há cerca de três anos eu trabalhei em uma editora independente chamada Trapézio, que ficava em cima de uma loja de roupas na Vila Madalena, onde no porão funcionava uma gráfica própria. Me chamo Alberto Flores, e naquele tempo todos os outros funcionários me chamavam de Al, contrariando a tendência dos amigos mais íntimos, como Julio e Marina, de me chamarem de Flores. A Trapézio era, como quase todas as editoras do país, um negócio pequeno, com menos de oito funcionários, computando aí o chefe e os dois sujeitos que operavam as máquinas do porão, duas Baby Binder's SS e uma guilhotina que poderia cortar dedos com facilidade. Lá, meu trabalho era de assistente da assistente do chefe. Um estágio, era o que eu tinha. Só porque o fundador da editora, Carlo, um tipo míope e neurastênico que morava na ala mais rica do Copan, era pai de um cara com quem eu havia bebido num bar anos antes. Minha rotina era chegar às três da tarde, sentar junto à minha chefe, uma mulher jovem de cabelos escuros e lisos e traços árabes chamada Ivana, e ficar até às dez da noite fazendo ou coisas inúteis (do tipo transcrever em uma planilha de excel um por um os números de ISBN que ela ditava) ou coisas chatas (do tipo ir ao correio, à papelaria, ao boteco buscar almoço). Dos outros funcionários eu esqueci os nomes todos. Havia um senhor que usava viseira e um terno de veludo cotelê marrom e tocava a área comercial; um careca simpático que não sei bem o que fazia, provavelmente a comunicação; e um sujeito negro, gentil e de mãos enormes que cuidava da área financeira, vestia-se muito bem e me pagava em dinheiro vivo. Uma das minhas funções principais era atuar como um médium entre o porão e o segundo andar. O departamento administrativo da Trapézio sentia medo e desprezo dos dois caras que trabalhavam no porão, que, por sua vez, poderiam matar com as próprias mãos toda a tripulação do segundo andar. Eu devia subir e descer as escadas umas quinhentas vezes por dia, passando por dentro da loja de roupas, levando recados e demandas e preocupações de um andar para o outro. O que no segundo andar era tensão, no porão era fanfarronice. Os dois homens que trabalhavam lá não poderiam ser mais diferentes e não poderiam se dar melhor. Um deles era um gigante do Capão, com piercings nos lábios e hip-hop nos ouvidos, que usava boné e roupas pretas e falava basicamente de seus filhos. O outro era um senhor de barba branca e ar professoral, que poderia dar resumos impressionantes sobre cada um dos títulos que existiam por ali. Eles estavam sempre rindo ou falando mal de alguém, ou as duas coisas. Toda vez que eu entrava no que eles chamavam de "casa das máquinas", era recebido com uma saudação barulhenta que misturava o prazer de me ver (gostavam de mim, não sei por quê, e, mesmo que eu desejasse me tornar um escritor, me identificava mais com eles do que com os autores e editores do andar de cima) ao desânimo de saber que eu tinha notícias da diretoria. Uma coisa boa era que eles me deixavam ficar com os livros que tivessem algum estrago — não eram muitos, mas vez ou outra havia uma capa rasgada, uma primeira página manchada, etc — contanto que eu não comentasse isso com ninguém. Nessa época eu lia muito e presenteava os amigos com bons títulos, o que os fazia pensar que eu estava de vida ganha trabalhando na Trapézio, mesmo que eu ganhasse menos, bem menos que um salário mínimo.

A editora Trapézio trabalhava de maneira geral com títulos de domínio público, os chamados clássicos e clássicos obscuros, reservando pouco do seu catálogo a escritores contemporâneos. Quero falar sobre o processo de lançamento do livro de memórias de um determinado editor e jornalista nascido na Itália e radicado em São Paulo. Estranhei quando Ivana começou a me pedir diversas tarefas para este lançamento. Era uma das parcerias mais promissoras da editora em muito tempo, e eu não entendi por que confiar tanta coisa em mim, um sujeito de cabelos desgrenhados, sem muita perspectiva de futuro e que fumava na calçada junto dos brutamontes da gráfica. Corina e eu estávamos juntos há três anos, eu havia saído de casa fazia pouco tempo, minha autoestima estava melhor do que nunca, mas não chegava a tanto. Porém, eu precisava seguir ordens. Tinha longas conversas com o italiano pelo telefone (acho que ele nunca perguntou meu nome) para depois escrever resenhas do livro no site da editora. Era eu quem escrevia as notinhas para imprensa e as publicações nas redes sociais. Foi o tempo que mais trabalhei na Trapézio, porque eu precisava continuar a comunicação entre o porão e o segundo andar, e quanto mais bonecos saíam, mais reclamações Carlo e Ivana tinham, e tome esporro na minha orelha e lá ia eu para o porão mais uma vez, ser recebido quase a pontapés.

Então chegou o dia em que o tal editor e jornalista foi conhecer as nossas instalações de surpresa. Carlo entrou desesperado na sala, pedindo que nós nos arrumássemos e fizéssemos a Trapézio parecer a Companhia das Letras. Não tinha muito o que ser feito. Existia uma única coisa a ser feita, a única que poderia ter evitado meu encontro com a rua na semana seguinte, e é claro que eu não fiz. Na primeira hora do expediente naquele dia, quando entrei no porão pela primeira vez, o Professor — como o Gigante e eu o chamávamos — pegou o boneco do livro que estávamos trabalhando e falou: Al, isso aqui é uma merda. Eu li o livro ontem de madrugada, e minha vontade era pegar o cinto e me enforcar no chuveiro. Ainda não sei por que o Carlo publica essas porcarias. O Professor era hiperbólico a maior parte do tempo, então nós só demos risada. Acontece que ele me deu o exemplar dele. Na correria do dia, acabei nem abrindo, e quando o italiano finalmente chegou, o livro estava em cima da minha mesa. Ivana me pediu para dar algum recado ao pessoal do porão e, uma vez lá, o Professor me disse que era importante que eu não mostrasse aquele livro para ninguém, porque ele tinha enchido as páginas de palavrões e desenhos obscenos. Achei isso engraçado, mas quando voltei para o segundo andar (creio que eu segurava algo, café, talvez) logo a graça se perdeu. Perguntei para Ivana se ela tinha visto o livro que estava em cima da mesa. A resposta dela, claro: o autor queria dar uma olhada na primeira prova, daí eu peguei a que estava aí. Deixei o café e desci as escadas correndo, quase tropeçando numa arara de roupas, tudo para ver o italiano entrando no táxi e sumindo pelas ruas da Vila Madalena. Isso foi numa sexta, e na segunda-feira eu já estava procurando outro emprego.

2

Isso aconteceu no México. Faz uns três anos. Aconteceu num momento que eu estava particularmente sem grana devido a alguma complicação doméstica das tantas que nos aborreceram em nossa república na Rua Colima. O estágio era melhor que o trabalho de garçonete, é claro, mas bastava um vento um pouco mais forte para o meu carrinho derrapar. Estava cheia de dívidas com o banco, devendo um dinheirão para a minha mãe, no geral almoçando o que os outros moradores preparavam e contando moedas para pagar o aluguel no fim do mês. Não foram poucas as vezes que deitei na cama observando as infiltrações no teto do quarto e só consegui dormir depois de abstrair a fome que sentia. Ao mesmo tempo, devido aos ares artísticos que criamos para nossa velha mansarda e pelo carisma e inquietação dos meus convivas (Sebastián, um pintor guatemalteco que chamávamos de Sebas; Socorro, uma restauradora de livros antigos nascida no interior do Chile; Durval, um brasileiro que tocava clarinete na Orquestra Sinfônica Mexicana; Dario, um livreiro e escritor mais ou menos lido pela cena local; Marie, uma francesa que não fazia nada mas cozinhava muito bem), nunca antes eu havia me sentido tão conectada com minha arte. Naquela época eu estava muito magra, muito pálida e com olheiras do tamanho das Fossas Marianas. Podia passar os dias com as mesmas roupas que ninguém no trabalho notava, ou todos fingiam não notar. Por fora eu parecia uma mulher à beira de um colapso, mas por dentro as vontades e percepções ganhavam mais e mais espaço em meu espírito. Lembro que eu andava obcecada com o trabalho e a história de vida da fotógrafa norte-americana Vivian Maier. A caminho do serviço, percorrendo a Rua Álvaro Obregón ou à sombra dos ciprestes de Condesa, levava a tiracolo minha Olympus 35 e tentava imitar as fotos de Maier, com seus jogos nos espelhos e olhar atento para os detalhes pequenos e luminosos do convívio cotidiano do espaço urbano. Aos sábados, Sebas e eu costumávamos nos sentar na Plaza Río de Janeiro com uma cerveja na mão para conversar sobre fotografia. Ele não gostava de Maier, sentia nela aquele traço nefelibata que trai todos os norte-americanos contra os latinos. Se for pra falar de fotógrafas norte-americanas, ele dizia, prefiro mil vezes a Susan Meiselas, para quem o detalhe e a imagem não bastam a si mesmas como beleza, e sim como denúncia da miséria e das contradições do mundo ocidental; ela esteve na Nicarágua, em Calais e até com os Yanomami, no teu país. Nesse momento eu sempre me perguntava se o Brasil era mesmo o meu país, se eu poderia me sentir pertencente a uma demarcação imaginária, e me calava. Aí Sebastián baixava a guarda, me abraçava e dizia ora, Lissa, não fique triste, vamos então estabelecer um meio-termo que será Bieke Depoorter, que é belga e para quem o que mais importa é a luz. Eu sorria, o chamava de bobo, e a vida ia se desenrolando meio que por si mesma, sem grandes sobressaltos, nessa mistura entre miséria e ternura.

Numa tarde quente de sexta, Dario entrou em casa, deixou sua bicicleta no quintal e disse que tinha uma proposta para me fazer. Fui convidado para tomar as rédeas dum lançamento na El Péndulo, ele disse. É segunda-feira e pensei em te chamar para fazer as fotos, o que acha? Agradeci pelo convite com entusiasmo e disse que adoraria, mas eu não tinha uma câmera digital. Dario pensou um pouco, estalou os dedos longos e magros e disse que havia uma Canon EOS na livraria que eu poderia usar sem problemas. Apertamos as mãos: negócio fechado, che!

Passei o fim de semana aprendendo a usar a câmera e organizando arquivos no meu computador. Investi num segundo cartão de memória para a máquina, pensando em não decepcionar. Quando cheguei à livraria na segunda-feira às sete da noite — tinha ido direto do trabalho —, percebi que eu não fazia ideia de quem era o lançamento, nem do que se tratava. Encontrei Dario arrumando a vitrina e perguntei. Um escritor ítalo-brasileiro que foi traduzido aqui no DF, um velho metido a Anthony Bourdain que saiu na capa dos principais jornais de cultura, um lixo, é claro; faço um livro melhor que o dele em cinco minutos e com a mão boa nas costas. Dei risada e saí para explorar. El Péndulo é uma livraria gigante e luminosa, com uma bela escada espiralada no centro. Peguei uma taça de champanhe com uma das garçonetes e fiquei sacando o movimento. Os convidados começavam a chegar, todos aristocratas de camisa rosa e sorriso branco com a pele da cor de um amendoim torrado. Onde foi que você se meteu, Lissa, lembro de ter pensado, mas logo depois me censurado, ao considerar o furo em meu bolso. Já tinha tirado umas duas dúzias de fotos quando uma senhora me abordou perguntando se eu era a tal Melissa Zoratte, a fotógrafa do evento. Ao ouvir minha resposta, ela fez um gesto com a mão que não compreendi na hora, mas acredito que fazia alusão à classe social elevada dos presentes, e me pediu para que eu fotografasse os famosos. Fiquei perplexa por um segundo e depois brinquei: claro, a senhora sabe onde tem um espelho? Ela não achou graça (parecia agitada) e saiu com passos curtos e rápidos e com a expressão de que desejava que eu tivesse entendido o recado. Acontece que eu não tinha entendido. Eu já estava morando no México há quase um ano e meio, mas tirando os meus amigos — que em definitivo não eram famosos —, eu não sabia muito sobre a sociedade mexicana. Menos ainda quais pessoas aquela mulher considerava famosas. Além disso, fiquei com a sensação amarga de estar num lugar elitista. Tudo isso me deu um desânimo terrível e saí para fumar um cigarro. Na calçada da Conde de Sarzedas, percebi um movimento na esquina: caminhei até lá e vi uma feirinha de rua. Estava cheia de gente, e nas barracas vendiam tacos, cerveja, mezcal, bugigangas, brinquedos e roupas. Um grupo de crianças passou correndo e rindo com um cachorro gigante. Na mesa de um bar, um grupo de velhos tocava violão e sanfona. Quase sem perceber, comecei a fotografar tudo. As luzinhas penduradas nas árvores e o vento da noite mexicana emprestavam um ar marítimo às cenas, e acredito ter feito algumas imagens boas. Aquele foi, sem dúvidas, um dos momentos mais significativos da minha estada no país. Pensei em Vivian Maier e me perguntei o que ela teria achado do México se o tivesse conhecido. Teria ficado tão emocionada quanto eu fiquei? Acho que sim. Uma hora depois, o aviso de memória insuficiente apareceu no visor da máquina. Tirei o cartão, enfiei o novo e voltei para a livraria. As luzes pareceram hospitalares. Localizei Dario, entreguei a câmera para ele, dei-lhe um beijo na bochecha e saí caminhando de volta para nossa velha mansarda caindo aos pedaços.

Bicicletas destroçadas

1

Sentado num caixote de madeira no centro da sala, ele observa a infiltração que começa na parede, se estende pelo teto e verte-se numa goteira de água escura. O ruído compassado das gotas na bacia de plástico é o que diz que o tempo ainda passa. Adivinha a presença de sua mãe no cômodo contíguo, arrastando malas para fora do armário. A janela para a qual ele está virado dá para o lado norte de Avellaneda, Buenos Aires, onde se veem ruas de paralelepípedos, bicicletas destroçadas e restos de lixo flutuando na chuva como fenos num velho filme de bangue-bangue. O dia é escuro. Quando ele fecha os olhos, surgem petúnias atrás das suas pálpebras, todas varadas por um sol intenso e pelo vento fresco de um lugar onde ele nunca esteve. Gatos entram pelos buracos da calha, saltam e aterrissam na poltrona de couro sintético, criando nuvens de ácaros. Todos os felinos estão molhados e têm as orelhas comidas por vermes. Mesmo assim, ele os chama e os acaricia, como se fossem bichinhos de estimação. Atrás da janela, no fundo da paisagem, ele vê o pai vindo pela rua acompanhado de um homem. Os dois são magros e altos, como ele um dia será. Ambos são inquietos, como ele um dia será. Daí para ouvir o agudo da porta contra o assoalho e as solas de borracha das galochas na cerâmica da casa é um segundo. Os dois homens vão direto para o quarto onde está a mãe dele. Então ele fecha os olhos e as petúnias vermelhas crescem enlouquecidas em direção ao sol.

2

— Como foi? — ela pergunta, forçando o zíper emperrado de uma mala de roupas.

Marco abre o sobretudo, mete a mão no bolso interno e taca um passaporte novinho em folha em cima da cama. Ela agarra o documento, abre-o e vê sua 3×4. Na última folha, grampeadas, há duas passagens de avião para a manhã seguinte, nos nomes de Consuelo e Alberto Sánchez. Cons — como carinhosamente todos a chamam — larga o passaporte em cima da mala e olha para Marco.

— Curiosa escolha: Sánchez. Mas e ele? — indaga apontando para o marido, que se apoia no armário com os ombros encolhidos. O cigarro em seus dedos está unido aos lábios por um fio de saliva. Tem os olhos perdidos no padrão do tapete.

Marco passa a mão na nuca e se vira de costas. É procurando os cigarros nos bolsos da calça que ele começa a dizer, bem devagar:

— Cons, a situação não está fácil lá fora. Quase quebraram nossos braços na saída da embaixada. Não posso ficar indo o tempo todo para lá, os federais já estão me reconhecendo. Daí pra chegar no meu contato, é um passo. Se o rastrearem lá dentro, aí acabou pra mim, pra ele, pra você, e Deus me perdoe, até para o próprio Alberto.

— Eu não vou se Roberto não vier junto. Palavra final.

Marco se vira e põe a mão sobre seu ombro.

— Cons, amiga, amada amiga, ele vai chegar. Você só precisa me dar um pouco mais de tempo. Com você no Brasil, na casa da conhecida de sua mãe, as coisas vão ficar melhores por aqui. Eu prometo.

Ela estoura:

— Você quer que eu acredite nisso? Você nem sabe do que está falando! Como pode prometer uma coisa dessas?

Marco dá dois passos até a janela e encosta a testa no vidro. A chuva sob a qual ele andava há menos de meia hora ainda não dá sinais de trégua. Relâmpagos vermelhos racham o céu em várias direções.

Roberto apaga o cigarro numa garrafa de vinho que há em cima da cômoda, senta-se na cama e aperta a mão esquerda da esposa. Ela tenta evitar olhá-lo (como se fosse menos doloroso), mas acaba cedendo.

— Cons, não seja má com Marco. Ele está fazendo tanto por nós nos deixando ficar aqui. Você sabe o risco que ele está correndo com isso.Vá para o Brasil. Encontre a amiga da sua mãe. Se instale. Procure trabalho. Eu vou chegar, se tudo der certo, no começo do inverno. Não é, Marco, meu velho?

Marco dá um suspiro demorado.

— Você já está a caminho, Roberto. Você já está chegando.

Quando percebem Alberto na porta, os três saltam, como se fosse um general que tivesse dado o ar da graça naquela tarde chuvosa. Depois do susto, que dura bem pouco, Consuelo se ajoelha e abraça a cabeça do filho contra o peito. Roberto e Marco estão perplexos.

— Acho que o céu está quebrando — diz a criança.

3

Lissa serve os dois copos com mais cerveja. O bar vazio e a mesa localizada bem debaixo de um poste de luz fazem parecer que eles estão num palco. Já pensaram em fazer uma peça juntos, e esse instante pode ser um bom começo.

— Como você se lembra de tudo isso? — ela diz, indecisa entre segurar a mão dele e acender um Camel. Já que ele não parece nem um pouco perturbado ao invocar essas memórias, tratando as imagens de sua própria vida como se fossem peixes num aquário, nadando de um lado para o outro de um acaso controlado, se referindo àquela tarde em um tom entre o lírico e o jocoso (que pode muito bem ser uma fuga, ela sabe), abdica de qualquer demonstração de afeto e pede uma caixinha de fósforos para o garçom.

— É o tipo de coisa que, quando acontece, nós sabemos que vamos nos lembrar. Em todas aquelas imagens, minha mãe desesperada, coitada, Marco, o gentil, se dobrando à força daquele casal de amigos, e meu pai tentando controlar a situação, enquanto eu os via, já dava para sentir o cheiro forte do passado. Era uma memória antes mesmo de acontecer. Tanto que o resto, digamos, a viagem de avião, o caminho do aeroporto até a casa onde ficamos hospedados, disso eu não lembro, porque foram coisas que aconteceram num compasso perfeito com o tempo que as abrigava. Mas aquela cena, com goteira, gatos, bicicletas destroçadas, meus pais e um grande amigo deles, que eu chamava de tio, ocorria fora do tempo.

— Conheço esse sentimento. Você não sabe se está vivendo ou se lembrando. Às vezes, entro num lugar e tenho a impressão de já ter estado ali antes, mas isso bem que pode ser eu mesma no futuro me lembrando desse exato momento.

Alberto cruza as pernas e se vira em direção à Rebouças. A cerveja em seu copo e o ritmo dos carros estão em perfeita sintonia.

— Nós só acessamos a memória a partir das ferramentas do presente. Conseguimos no máximo uma imagem, um detalhe melancólico e estúpido.

— E seu pai? Chegou com o inverno?

— Antes disso, até. Mas só muitos anos depois eu compreendi que ele e minha mãe tinham se separado em algum ponto dos caminhos paralelos que cruzaram. Em todo caso ele sempre aparecia na casa em que vivíamos. Trazia coisas que, sinceramente, não faço ideia de onde arrumava. Espaguete enrolado em papel manilhinha, manteiga, castanhas, verduras, frutas e, vez ou outra, uma garrafa de vinho ou conhaque. Dificilmente ele entrava. Eu o via do banco da cozinha, ele acenava com um sorriso, deixava a sacola de feira e ia embora em sua bicicleta.

— Você nunca perguntou onde ele arrumava essas coisas? Nunca teve curiosidade?

Alberto pensa por um segundo. Sorri.

– Curiosidade? Não, nunca.

4

Marco está sentado num banco de madeira na Plaza del Congreso. Ainda é dia. Roberto já deve estar no avião, calcula, aliviado e temeroso. A iminência da noite enche o ar de umidade e ele caça cigarros no bolso do sobretudo. Não sem certa dificuldade, acende um e fica pensando no futuro. Precisa deixar a casa o quanto antes, mas não tem um puto para alugar sequer um quarto no motel mais barato. Está com o laço no pescoço, e agora envolvido em – como chamam mesmo? Falsificação ideológica? A catástrofe que se aproxima parece tão inevitável que ele até solta uma risada, mas logo começa a tossir. É, Marco, ele pensa, as coisas mudam. Amigos partem, repúblicas caem, os cigarros acabam, os amores se desmancham, a saúde se deteriora, o poder se corrompe, os cabelos ficam brancos, os filhos crescem, as pilhas se esgotam, tudo isso diante dos seus olhos, numa tarde gelada no banco da praça. Plaza del Congreso, dizem que foi aqui que tudo começou. Mas tudo o quê? Chamam esse lugar de marco zero, serei eu o Marco final? Qual a última carta desse baralho? Se começa em algum lugar, em algum lugar precisa terminar. Dentro de nós, talvez. Nos nossos quartinhos, nas nossas casas cheias de infiltrações e goteiras, nas nossas meias furadas e nos sapatos de sola rachada.

Ele estica a coluna quando vê dois homens dobrarem a esquina e seguirem em passos firmes na sua direção. É, é aqui que acaba, ele pensa. Antes dos homens o abordarem, fecha os olhos e vê o filho de Roberto e Consuelo, o pequeno Alberto Flores. Rememora seu olhar a um só tempo assustado e sereno. Seu desejo é que cresça feliz e saudável.

Pausa para o verão

Ao contrário do que você imaginava, sua mãe não espera para te encontrar. Em vez disso, ela deixa o baú que ficava em seu antigo quarto na portaria, volta para o carro e dá a partida. Isso te chateia por menos tempo que dura a combustão de um palito de fósforo, e quando está no elevador você já esqueceu. Só o que interessa é o conteúdo daquela caixa do passado, uma cápsula do tempo involuntária criada por uma Melissa Zoratte, a quem a rebeldia, a arte e a liberdade soavam como nomes de planetas distantes. Ao entrar no apartamento, você vai direto para o quarto, e ao se ajoelhar e abrir o tampo do baú, essa cena lhe parece familiar, como se você já a tivesse visto num filme. À primeira vista, as relíquias não são valiosas em nenhum sentido. Cartazes, dvds, livros, fotografias e flores secas não te dizem nada, não bastam para abrir a porta da casa onde vive a adolescente que você foi, uma menina magra com a maquiagem muito forte nos olhos e as roupas largas, cheia da vontade inconciliável de ser compreendida disfarçada com o orgulho, um pouco teatral talvez, de ser incompreendida. Esses objetos todos eram cênicos, e agora, quase dez anos depois, você se esqueceu qual era a peça, o teor do roteiro, que, a julgar pelo que você encontrou, lhe pareceu desinteressante. A Lissa abissal, que no fundo ainda é a mesma, uma força oculta em algum ponto das suas entranhas, indiferente às fluências do tempo, que permanece inalterada, independentemente da roupa que você usa ou a música que você escuta, não comparece à tarde de sábado que você reservou para analisar o seu passado. Essa ausência te dá vontade de chorar, mas você contorna esse impulso alcançando um cigarro em cima da mesa e continuando a vasculhar o resto das coisas que vieram no baú. Entre um pedaço de tecido e um ramo de alecrim desidratado, você encontra um caderno, e, mesmo antes de abri-lo, sabe que era o que estava procurando. Você levanta do chão, vai até a sala e senta-se junto da janela. Os patamares acesos da Galeria Metrópole te fazem pensar nos complexos comerciais do Mercado la Merced onde você comprou o caderno que folheia sem deter-se em nenhuma sentença, apenas observando as palavras como se estivessem escritas em outra língua. Você se pergunta por que as palavras podem dizer mais sobre a história pessoal de um indivíduo, uma vez que todas elas são emprestadas dos dicionários e, por definição, transitórias, efêmeras e traiçoeiras como qualquer símbolo ou entidade tão abstrata quanto a linguagem, do que os objetos, o que equivale a dizer a matéria, que realmente entraram em contato com você, foram testemunhas reais de cada um dos seus passos, equivocados ou bem-sucedidos, sobre os quais você mesma despejou a resina de seu tempo, e que estão impregnados com as suas digitais, quiçá até seu cheiro, e seguindo as leis da química, de fato, têm registrado em carbono os momentos que viveram com você ou longe de você, te aguardando pacientemente no fundo de um baú que só viria a ser aberto numa tarde do acaso, sem abandonar jamais o posto de parte integrante da sua experiência. A resposta para essa pergunta parece ao mesmo tempo óbvia e misteriosa. Do nada, seu indicador direito estaca em uma frase. Data do dia 19 de fevereiro de 2010 (ou seja, quando você tinha dezoito anos) e diz: Ainda existem quartas-feiras chuvosas, apesar de tudo. A princípio, poderia ser uma frase tocante, não que seja quarta-feira, ainda que o dia esteja mais para chuvoso, mas você a apreende de uma maneira ambígua, sobretudo porque não se lembra de tê-la escrito, mas é mais do que isso, já que você não se lembra de ter escrito nenhuma das palavras daquele caderno. O que acontece é que você não se lembra de um dia ter sentido ela. Você não se reconhece nela. Você não recorda se um dia já teve qualquer coisa com quartas-feiras chuvosas em particular, o que, convenhamos, visto à luz da prática e da sensatez, não faz muito sentido, principalmente porque essa é a única entrada do caderno que contém esses elementos. Talvez você estivesse bêbada quando a escreveu, tendo escrito isso quando queria ter escrito outra coisa, mas é basicamente impossível, já que há dez anos você tomava remédios psiquiátricos que não se davam bem com tanta embriaguez. Ao ler essa frase, porém, você não sente a mesma indiferença que sentiu diante dos objetos do baú, e sim uma inquietação, como se fosse o fragmento perdido da obra de um poeta por quem você desenvolve um interesse súbito. Sim, é isso, você pensa, só pode ser o trecho de algum poema ou livro. Então você volta para o quarto, acende outro Camel e abre uma nova aba entre as tantas que se ombreiam no navegador de seu macbook. Ainda existem quartas-feiras chuvosas, apesar de tudo — pesquisar. O resultado é óbvio: previsões do tempo e boletins meteorológicos que ao menos servem para te dizer que a próxima quarta-feira será chuvosa, mas que não esclarecem em nada a frase escrita pela Melissa Zoratte de dezoito anos. Você acrescenta a palavra poema ao final da sentença e tenta de novo. E, de novo, não tem nenhum resultado definitivo, e sim duas citações. A primeira é de Mário de Andrade e diz: "Que bobagem falar que é nas grandes ocasiões que se conhece os amigos! Nas grandes ocasiões é que não faltam amigos. Principalmente neste Brasil de coração mole e escorrendo. E a compaixão, a piedade, a pena se confundem com amizade. Por isso tenho horror das grandes ocasiões. Prefiro as quartas-feiras". A segunda é de Anne Frank, e diz: "Apesar de tudo, ainda acredito que, no íntimo, o homem é bom". A segunda citação acende uma memória. Você se lembra que essa frase é epígrafe do romance *Galápagos*, de Kurt Vonnegut, livro que você leu e adorou quando ainda morava no México, período que abrange a inscrição desse misterioso 19 de fevereiro de 2010. A edição pertencia a um cliente de Socorro, a restauradora de livros chilena que coabitava com você na república da Rua Colima e que lhe emprestava alguns livros quando havia folga no prazo, o que não era raro, já que ela trabalhava com rapidez. Mesmo tomada pela vontade de mandar uma mensagem para Socorro, em nome dos velhos tempos, você sabe que esse caminho só te desviaria do impulso original. A frase não tem nada a ver com o romance de Vonnegut. Você opta por uma abordagem mais incisiva, abrindo outra aba e procurando pelo calendário equivalente ao ano de 2010. Ao abrir o primeiro que encontra, seus olhos percorrem os dias com rapidez, tudo para se deparar com a verdade: 19 de fevereiro de 2010 foi um sábado. No Brasil, no México e em grande parte do planeta. E, com certeza, deve ter feito um puta dum sol, você pensa. Quando abre o caderno de novo, buscando, quem sabe, superar a busca por uma circunstância que desse sentido à frase, você percebe com espanto que todas as outras sentenças escritas, mesmo os desenhos nas margens, perderam o sentido; você lê, se reconhece nos escritos, e ainda assim não se conecta a nada, como se em um segundo partículas de apatia tivessem se multiplicado em sua corrente sanguínea. As frases se desprendem do caderno, saltam pela janela e só deixam o gosto amargo dessas sete palavras: Ainda existem quartas-feiras chuvosas, apesar de tudo. Isso te aborrece. Você veste o casaco de camurça preta, calça os coturnos e vai para a rua. O centro da cidade já está quase envolvido por completo pela noite, mas o céu ainda guarda resquícios de nuvens amareladas que se esticam em direção ao leste. No instante em que você chega na Consolação, as luzes de todos os postes – ou quase todos – se acendem. Você vira à esquerda, com vontade de se embrenhar para os lados do Centro velho da cidade, mesmo sabendo que o Centro Histórico e o marco zero de São Paulo são memórias que, assim como as suas, foram inventadas. Mais cedo choveu e as luzes de Natal, tão feias, criam um efeito bonito quando refletidas nas poças. A cidade está úmida e colorida, mas não por isso menos triste. Mais um ano vai chegando ao fim e você considera que, afinal, isso não faz muita diferença. Como medir o fim de algo que envolve tantos começos, fins e recomeços, começos, fins e recomeços? Todas as coisas têm sua própria durabilidade e confiar numa sincronia para eventos forjados no caos parece no mínimo imprudente. Nada vai começar nem terminar quando o pavio encontrar a pólvora e os fogos de artifício criarem padrões na escuridão do céu. No máximo um dia, uma noite, mas não mais que isso. O fim de um amor, por exemplo, pode se dar numa quarta-feira chuvosa. Ao pensar isso, você sorri como se tivesse encontrado a Lissa de dez anos atrás. Depois se sente meio estúpida e entra num bar para um Dreher no balcão. Parece mentira que na tevê estejam falando da semana chuvosa que se aproxima, com previsão para enchentes ainda maiores que as que alagaram os bairros baixos e deixaram parte da cidade no escuro na semana passada. Como se fosse um poeta branco e europeu do século XVI, você pensa na chuva. Desconsidera por um segundo toda a desgraça que ela causa e foca na beleza da coisa. Vai listando nomes de livros, discos e filmes que tenham a palavra chuva. Como um pensamento se emenda em outro, ao lembrar do romance *A chuva imóvel*, do Campos de Carvalho, você se vê numa tarde há um mês, em que você e Alberto caminhavam pelas áreas mais afastadas do Parque do Ibirapuera — isso é raro entre vocês, passeios diurnos —, e ele trazia debaixo do braço um outro livro deste mesmo autor, *A lua vem da Ásia*. Em algum momento, a troco de nada, Alberto parou sob as folhas de uma corticeira, com o sol rabiscando formas em seu casaco verde, abriu o livro na página onde tinha parado e leu: "A chuva dá de beber aos mortos", e mais adiante: "não acredito que a sede seja o que mais importune os mortos no seu silêncio, mas a poesia é sempre necessária e é bom que os poetas estejam lembrando-se dos mortos nos dias de chuva, como uma mãe de seus filhos". Seu repertório sobre a presença da palavra chuva na arte acaba, ou se interrompe, e você começa a pensar em sua mãe, em como ela apenas deixou seu baú na portaria e desapareceu sem ao menos dar um oi; em como você e ela não tiveram nenhuma conversa mais íntima desde que você voltou do México. De maneira geral, você não liga pra isso, mas dessa vez se sente cansada. Mata o conhaque, deixa uma nota de cinco embaixo do copo americano e marcha para casa. Uma vez no apartamento, tira toda a tranqueira de cima da cama, joga os coturnos num canto e adormece imediatamente. Então vem o sonho, que na verdade é uma memória, mas como se ela estivesse sendo vista, digamos, de dentro da água. Tudo é muito lento, os sons são abafados e a luz se refrata em várias direções. É uma cena da sua infância. Está de manhã, você atravessa o umbral da porta de casa e vê muitas pessoas nos quintais das casas vizinhas. Todas elas usam pijamas e olham para o céu. Você compreende que acontecerá um eclipse e se desespera, porque sabe que aquelas pessoas ficarão cegas se continuarem assistindo ao evento celestial sem nenhum tipo de proteção. Você é você criança e corre para avisar a todos eles, mas por mais que você esperneie, puxe as mangas das camisas e as barras das camisolas, ninguém repara em você, ninguém sequer olha para você, compenetrados que estão em olhar para o alto. Os rostos parecem vazios e no momento alto do desespero você já não é mais a menina, e sim você mesma, Melissa Zoratte aos vinte e oito anos de idade, assistindo de fora àquela cena que, de repente, congela. Do meio de algumas pessoas, surge Alberto Flores. Ele é a única parte da paisagem que se movimenta, e vem em sua direção. Alberto está diferente, como se estivesse mais velho, embora a diferença não seja essa. Alberto, ou o homem que se faz passar por ele, ou o homem que ele se tornou, para a dez passos de distância e, por mais que você tenha vontade de abraçá-lo, você está paralisada. Aí ele sussurra uma frase, mas o que você ouve não sai da boca dele e sim de todo o ambiente, reverberando dentro da sua cabeça. O eclipse fecha o coração da manhã num mosaico e você acorda. É de madrugada e as luzes da cidade criam padrões nas paredes do quarto. Não é preciso fazer esforço para voltar a dormir.

Variações em dourado

1. Alberto Flores, num e-mail de madrugada

Vou falar sobre uma combinação. Envolve duas pessoas nuas, luzes verdes e um blefe. Escrevo isso porque prometi que o faria. Era noite. Deslizei a mão sobre suas pernas. À buceta. Você segurou meu pulso, afastando-o, porque precisava urinar. Então eu estava deitado e disse algo como "mija em mim". O blefe. O diálogo que se seguiu, até o instante que você me beijou, subiu em mim e colocou meus dedos dentro de você, agora está apagado, diluído na corrente morna e (imagino) dourada que começou a escorrer pela minha mão e criou uma poça perto de nossas pernas que muito bem poderia ser o sangue da besta que anseia pelo fio da espada. Mas não exageremos. Você olha nos meus olhos e diz que fará tudo que eu ordenar. Que tenho um olhar imperativo. Que exerço um poder sobre você. Me apoiando numa contradição (só o que caberia naquele instante, naquela noite), respondi "então senta na minha boca". Tudo para tornar-me, sob sua sombra, te vendo de baixo como só a pintura no teto de uma capela poderia ser vista, o condenado e o algoz. Seguro suas pernas e te recebo. Toda a urina do mundo, escorrendo pelos cantos da boca, descendo quente pela garganta, e meu pau outra vez rígido.

Sob luzes verdes. Debaixo de uma janela. Na maior cidade da América do Sul. Então há o óbvio que se desenrola após uma cena dessas. (Difícil adivinhar o estado do seu espírito no momento, mas você deve lembrar que fiquei em êxtase, um corpo feito de nervos tocado pelo sagrado). Há um banho. Há a preocupação de como ficou o chão, o colchão, os almofadões e o lençol que não nos pertenciam. Tudo seguiria mais ou menos nessa base, no ritmo imposto por coisas absurdas que já começam a ser esquecidas, e então amanhece, nós trabalhamos, envelhecemos, tudo seguiria assim, suspenso em seu próprio eixo, se você não tivesse se vestido, juntado suas coisas, me beijado e dito: "obrigada, eu me senti uma francesa". Foi o que você fez. Depois você foi embora. Me deixando estupefato no meio do mundo. Me devolvendo ao mundo. Um lugar muito mais bonito do que eu me lembrava da última vez que o tinha visitado.

amor,

2. Melissa Zoratte, numa mensagem de whatsapp

Marie, preciso te contar uma coisa que aconteceu, mas antes quero pedir desculpas por não ter respondido às suas mensagens. Os dias têm corrido de forma estranha e não consigo me concentrar em nada. Tenho pensado em você, na nossa república da Rua Colima e principalmente do cheiro que saía da cozinha quando você cozinhava pra gente. Os seus pratos, essa mistura entre a culinária francesa e as especiarias hispano-americanas, eu acho, eram a argamassa que mantinham aquela casa de pé e todos nós felizes, por mais fodidos que estivéssemos. Mas não quero tomar muito do seu tempo. Só queria dizer que tenho pensado em você, e por um motivo um pouco esquisito. Você já assistiu ao filme *Lua de fel*? Quer dizer, o título original é *Bitter moon*. É do canceladíssimo Roman Polanski, com o Peter Coyote e o Hugh Grant. Eles estão a bordo de um navio em direção à Índia quando se conhecem, com suas respectivas esposas, e o personagem de Coyote, um escritor tetraplégico chamado Oscar, começa a contar a história da sua vida com Mimi, uma francesa linda e lunática interpretada pela Emmanuelle Seigner. A relação dos dois envolve a boemia parisiense, restaurantes chineses, rodas-gigantes, croissants aquecidos no micro-ondas, sadomasoquismo, ela fazendo a barba dele, ele lambendo o leite que cai nos seios dela, coisas assim. Tudo termina mal, mas isso não importa. O que importa é que lá pelo meio do filme, o tal Oscar conta para o Hugh Grant, que interpreta um almofadinha inglês chamado Nigel, sobre uma noite que ele viveu com Mimi. A noite em questão não participa da sequência de flashbacks que compõem grande parte do filme. Trata-se de um close fechado no rosto de Coyote, um monólogo em que ele diz o que sentiu quando eles estavam deitados no chão, depois do sexo, acho, e ela se levantou e começou a mijar na cara dele. Quando assisti ao filme pela primeira vez, achei essa cena estranha, meio nojenta, mas fui rever outro dia e fiquei um pouco tocada com a performance do Coyote. Dá para ver que ele já viveu aquilo. Lembro que o personagem diz que aquele banho de urina foi o seu Tejo, seu

Nilo, seu Jordão, seu Hudson, um segundo batismo que o fez renascer. Nessa hora, Nigel diz para ele cortar essa, que está achando a história exagerada e íntima demais. E o escritor diz algo bonito. Ele diz que quando dois amantes se amam como eles se amavam, nada é obsceno, tudo se torna um sacramento. Isso para dizer que Flores e eu vivemos uma coisa parecida, noite dessas. Ele me pediu para mijar na mão dele, depois na boca. Quer dizer, ele não pediu exatamente, foi algo que aconteceu bem naturalmente. Eu nunca tinha feito nada parecido e depois que eu terminei – acho que eu nunca tinha mijado tanto – fiquei me sentindo tão envergonhada que fui embora. Mas eu gostei. Esse Flores, quando eu sinto que estou preparada para me afastar, se sai com cartadas impensáveis que me empurram novamente para o centro da nossa loucura. Você devia ter visto como ele ficou depois, parecia que a fala do filme tinha se tornado uma verdade incontestável. Só estou te contando essa história porque antes de ir embora eu disse que tinha me sentido uma francesa. Até agora não sei direito o que eu quis dizer com isso. Talvez tenha sido pela personagem da Mimi, que é francesa (mas eu só fui lembrar do filme ontem, então não faz sentido). Talvez tenha sido porque li em algum lugar que as francesas são bem resolvidas sexualmente. As francesas são bem resolvidas sexualmente? Beijo, Marie.

3. O voyeur, *à janela do seu apartamento*

Já fazia um tempo que eu observava esses dois. Sabia que a casa não era deles, e sim de um amigo do moço alto e esquisito que, segundo meus cálculos – estou no ramo há um tempo –, deve ser casado. Às vezes eles somem, devem se encontrar em outros cantos. O dono da casa é um jovem chamado Julio Ginarte. Moramos perto faz tempo, mas a janela do quarto dele se abre para o sul, de modo que não há muita ação. Desde que ele liberou o quarto para os dois amantes, porém, se tornaram meus favoritos. Me sento aqui nessa janela com um binóculo, um copo de uísque e fico só observando. Eles se dão bem. Tem corpos compatíveis, talvez um pouco magros demais. E podem ficar horas transando! Chego a sentir inveja. São desses casais que gostam de transar com a janela aberta (conheço bem o tipo), com iluminação indireta (o quarto tem umas luzinhas verdes) e em posições que envolvem várias alturas. Quando eles vão embora, morro de vontade de descer para a rua e me apresentar. Não sei o que eles achariam disso, mas é algo que eu nunca faria, afinal, a profissão a gente deve respeitar. Já observei relações sexuais de todo tipo, em lugares que você nem imagina. Já estive na Índia, no Cazaquistão, em vilas de povos ribeirinhos, por grande parte da Europa e do imenso continente latino. Espiei pelas brechas de cabanas, casarões, tendas, chalés, fábricas, escritórios, banheiros e carros. Tenho um repertório vasto e respeitável no que se refere ao que duas (ou três, ou quatro, ou cinco) pessoas podem fazer juntas. É impressionante o que o mercado contemporâneo oferece. Há trinta anos, quando comecei, as coisas eram bem mais leves. A parte boa é que a mente vai se aperfeiçoando em relação ao ofício.

O que é uma obsessão senão o desejo de uma refinação constante? De tudo que vi nessa vida, porém, poucas coisas foram tão bonitas quanto o que os dois pombinhos fizeram uma noite dessas. Tinham acabado de transar, começaram a ter um diálogo de rostos bem próximos, e quando vi a menina já estava sentada na mão dele outra vez. Ah, a juventude, pensei, é onde estão guardadas as melhores pérolas. Mas aí aconteceu. Ela começou a mijar na mão dele, enquanto os dois se beijavam efusivamente. Até aí tudo bem, vá lá. Mas eles voltaram a falar, ele agarrou as pernas dela e ela sentou na cara dele. E aí, realmente, ela mijou de verdade. O líquido escorria para fora da cama, ia para o chão, e não parava de sair. O rosto dela estava erguido pra cima, bem sob meu ângulo de visão, tocado pela iluminação esverdeada, e ela parecia estar sentindo um prazer inédito. Quase chorei pelos dois. Sabia que eu estava diante de uma grande revelação, e não é todo dia que as testemunhamos. Aí os dois saíram do quarto e a luz do banheiro, no fundo do corredor, acendeu. Enquanto eles tomavam banho, fui à cozinha e servi mais uma dose de uísque para brindar a distância o futuro que se inaugurava para os dois. Mas quando retornei, assisti ele se despedindo dela e ela indo embora pelas ruas. Depois ele entrou na casa, subiu as escadas, apagou as luzes e fechou a janela.

4. Julio Ginarte, num quarto de sua casa

Tá vendo essa porra dessa mancha aqui? Tá sentindo a porra desse cheiro? Puta que pariu, velho, como você é nojento. Te abro a minha casa para você trazer sua namorada e você transforma o lugar num chiqueiro? Eu tive que pegar essas porras dessas almofadas, essa bosta desse cobertor e deste colchão e levar tudo pra pegar sol no quintal. E depois trazer de volta. Isso, claro, depois de transformar o quarto numa piscina de desinfetante, porque, francamente, não sei o que vocês andam bebendo para o mijo feder dessa forma. Por que da próxima vez você não vai fazer isso na casa da sua mãe? Por que você não vai fazer isso na porra da Argentina, seu portenho escroto? Meu Deus do céu, velho, não tô acreditando! O quê? O que você disse? Eu não entendo? Eu não entendo o quê, porra?

II. INVERNO OUTRA VEZ

Desaparecendo aos poucos

Agora um ano se passou e as coisas são diferentes, embora a semelhança entre as temperaturas, os mesmos sobretudos pretos e casacos de camurça, e o aspecto esgarçado dos coturnos façam parecer que trezentos e sessenta e cinco dias passaram em apenas vinte e quatro horas. Alberto Flores abre os olhos e o mundo mudou: não mora mais no Centro da cidade com Corina e sim em um quarto amplo, numa área residencial que fica próxima a uma avenida. Seus livros não ficam mais na estante preta nem em cima da sua escrivaninha, uma vez que os seus poucos móveis ficaram para trás, como se isso fosse necessário para que ele pudesse se desprender de uma vez por todas da vida que, caso contrário, o afogaria de uma hora para a outra. Suas antologias poéticas, romances norte-americanos e latinos, revistas de fotografia, arte e literatura serpenteiam o chão de tacos do quarto e ocupam uma mesa emprestada. A cada dois dias, ele senta ao lado dos livros e colhe um a um para limpá-los da poeira que se acumula no chão. Sua cama é menor, mas ele não a divide com mais ninguém, nem mesmo com Melissa Zoratte, que sumiu da mesma forma como apareceu. Agora florescem em Alberto sentimentos que há um ano eram só sementes cimentadas com a iminência de uma renovação amorosa. Como essa não se concretizou, sua visão do mundo passou a operar por meio da ironia, da apatia, do humor e de um senso escandaloso de melancolia e vaidade. O que foi chamado de cama é apenas um colchão de solteiro no mesmo nível que os livros, ocupado por três almofadões de seu antigo quarto, um par de lençóis e um cobertor azul-escuro que, definitivamente, não é suficiente para o inverno que está só começando.

A mudança que realizou com a ajuda de Julio e Marina durou apenas dois dias. Corina optou por ficar fora do apartamento. Disse que talvez não suportasse assistir a ele retirando seus pertences e desaparecendo para sempre de sua história. Ele achou essa parte de desaparecer para sempre um pouco exagerada, visto que eles haviam acordado em romper amigavelmente, mesmo com toda a torrente de merda que os envolveu, mas logo ficou claro que ali, naquela narrativa, ele deixava uma ferida que não cicatrizaria nunca e que sim, talvez ele desaparecesse para sempre, ao menos em algum sentido, que nos momentos de honestidade ele dizia não estar exatamente louco para descobrir qual era. Isso foi no começo do outono, depois de duas semanas que Flores passou dormindo no sofá do casal de amigos.

As semanas seguintes foram de solidão extrema. Tinha algum dinheiro guardado e os frilas que pegava de tradução, revisão e diagramação o emprestavam uma rotina de horários flexíveis, uma antirrotina. Se Alberto tivesse algum amigo um pouco mais saudável, este amigo decerto o recomendaria ocupar parte de seu tempo com exercícios ou com qualquer coisa que pudesse fazer com as mãos, como carpintaria, culinária ou artesanato, pois isso lhe traria uma felicidade aristotélica, que poderia livrá-lo da depressão que parece rondar essa história. Mas Flores não possui esse amigo, de modo que agora ele acorda tarde, com olheiras ainda maiores, muitas vezes ignora a ideia de um banho e se alimenta exclusivamente de vinhos argentinos, um pedaço de queijo parmesão por dia, amendoins e cigarros. A única constante de seus dias, só o que faz para precisar quando um dia termina e outro começa, é se barbear. Usa uma barra de sabão e a mesma lâmina há mais de três meses, mais parece estar passando um garfo contra o rosto, mas mesmo assim realiza o ritual com esmero e sem pular nem um dia, nem mesmo os domingos. Outra coisa que tenta fazer todos os dias mas nem sempre consegue, ou por estar fora de casa, ou por estar chovendo, ou por estar bêbado, ou por estar dormindo, é ver o pôr do sol. A casa de dois andares fica numa esquina, e uma das ruas é uma vielinha sem muito movimento. Porém, no fundo da paisagem há um prédio gigantesco que, quando batem as seis horas, reflete todo o laranja do céu, se assemelhando a um edifício em chamas, e o lança dentro do quarto e dos olhos de Alberto, que estica as pernas na janela, bebe um copo de vinho (as taças também ficaram para trás) e escuta canções de Radiohead, Bill Callahan e Tindersticks e pensa no passado, ou no futuro, ou em tempos inventados, nunca no presente.

O que precisa ser dito logo é que este quarto e toda essa configuração têm uma data para acabar.

Flores sabe disso, tanto que já pagou os dois meses de aluguel que concordou viver por ali apenas para cobrir um rombo orçamentário, enquanto o proprietário não aluga a casa para alguma família, não mais para quatro artistas ou o que quer que eles sejam. Nesse momento, além de Flores, que é, ou ao menos quer ser, um escritor, moram mais dois músicos e um pintor. Eles não se conhecem muito para além dos eventuais encontros na cozinha e na sala, e mesmo todos trabalhando com linguagem artística, nunca trocaram uma palavra sobre suas obsessões. Os moradores precisam sair e assim a casa fica com cada vez menos coisas. Armários são desmontados, copos e pratos somem, o espelho do banheiro é esvaziado, paredes guardam a marca de quadros retirados, caixas e mais caixas se multiplicam ao lado das portas, emprestando a tudo um aspecto de abandono que não faz bem ao espírito de Flores, que, pressentindo outra mudança, se encaminha para um estado permanente de vertigem. Sabe que precisa procurar um apartamento, sabe que não pode contar com a benevolência de Julio e Mari para sempre, e sabe, sobretudo, que não pode aparecer com suas malas na porta da mãe. Ela certamente ficaria feliz e diria que ele fez a coisa certa, e esse é o motivo principal para que ele não queira, não possa voltar. O artista não tem família, o artista não tem mãe, nem pai, nem avós, não era raro escutá-lo dizer entre um cigarro e um gole de cerveja em jantares sem comida que foram se tornando constantes aos finais de semana e que não eram nada mais do que uma maneira pouco econômica e pouco saudável de driblar a solidão.

Há um tempo que não empreende suas caminhadas noturnas. O bairro onde vive agora é muito calmo e já às dez da noite é difícil encontrar um lugar com sinais de vida, diferentemente do Centro, onde basta caminhar duas quadras para sentir-se numa espécie de mercado paralelo, onde qualquer coisa pode acontecer. Esse é um dos motivos. O outro é que está mal-acostumado. Caminhar sem Lissa não tem a mesma graça de antes. Não ainda.

Ikebana

Isto é sangue, estão vendo?, sangue de verdade, e é essa a pergunta que Melissa Zoratte precisa escutar, precisamente essa e nenhuma outra, para decidir de vez se separar do grupo que, guiado por uma estudante de artes mais ou menos de sua idade, vê uma exposição de jovens artistas no Tomie Ohtake, jovens artistas que receberam esta bolsa para expor suas obras que, para Lissa, ao menos neste momento, parecem todas iguais, criadas a partir do mesmo impulso contemporâneo, uma mistura inusitada e superficial entre a vontade de chocar e o medo de chocar demais, e antes que possa ouvir se o tal sangue se trata de sangue menstrual, sangue laboratorial ou sangue animal, ela se afasta em silêncio e, ao atravessar a porta de vidro da mostra Vinte Artistas Hoje, sobe uma rampa de concreto e alcança os patamares superiores da galeria, que nessa tarde chuvosa de inverno parecem silenciosos e vazios, com exceção de alguns senhores que leem o jornal e senhoras japonesas que observam os quadros mas que interiormente parecem estar trabalhando com resignação em ikebanas de milhares de anos.

Devido a cortes de verba, o café do museu foi desativado, e agora o lugar onde Lissa havia passado tantas horas escrevendo notas, lendo romances, tomando expressos duplos ou simplesmente observando os clientes e sendo observada pelas atendentes que pareciam dizer "e aí, menina, não vai pedir mais nada?", lembra uma cafeteria-fantasma. Plásticos transparentes cobrem as mesas, os janelões de vidro estão manchados de resíduos químicos e, detrás do balcão, a cafeteira elétrica é o que restou do velho mundo.

Vemos Melissa Zoratte andando pela galeria e ela nos parece mais magra que antes, e, embora não pareça doente, ver as mandíbulas demarcadas sob a pele, os olhos fundos e os dedos esqueléticos que agarram a alça de sua bolsa a tiracolo, nos desperta certa aflição, ou mesmo pena, como se fosse dado que aquela seria uma mulher muito bonita se não tivesse o aspecto de que pudesse desmoronar a qualquer momento, ou então desaparecer, levada por uma corrente de ar mais forte. Ao mesmo tempo, não se engana quem pressente por trás da sua pele uma miríade interminável de histórias e visões que outrora foram superficiais e explosivas e agora são calmas feito algo que passa, mesmo fincadas mais firmes em sua sensibilidade e talvez por isso mesmo. A Lissa que vemos agora, um ano depois de quando a vimos pela última vez e cento e setenta e quatro dias depois que Alberto Flores a viu pela última vez, se afastando pelas ruas do Centro da cidade, é uma pessoa mais calma, contida e sábia. É como se alguém tivesse desacelerado os batimentos por minuto da sua experiência e agora ela pudesse ver o mundo com nitidez. Nem sempre gosta do que vê, é claro, mas mesmo assim julga que é melhor isso, entrever o material com que é feita a realidade e chatear-se algumas vezes, do que se perder entre ilusões e estímulos para os quais não tem mais paciência. A verdade, pensa, é que já amou demais, viajou demais, criou demais, trabalhou demais, se estressou demais, fodeu demais, se decepcionou demais, se iludiu demais, se perdeu demais, e que, mesmo que não seja definitiva, ela precisa de uma pausa que consista em ficar vagando à tarde por galerias de arte, cinemas, bares, cafés, vilas operárias antigas, e à noite ficar isolada em seu apartamento no Centro, experimentando os centenas de chás que compra pelo correio, resolvendo os trabalhos que pega, fumando cigarros, enfim, em todo caso o que ela quer, o que ela precisa é ficar em silêncio um minuto, ao modo de alguém que tenta tomar uma grande decisão enquanto ninguém para de tagarelar.

Ela ainda mora no mesmo apartamento, mas dizer isso é incerto, porque o apartamento está muito diferente. Uma conjunção de falta de dinheiro e excesso de coisas a fez vender grande parte dos seus móveis, livros e roupas. Ainda assim, o lugar onde vive não parece depenado, mas transformado numa paisagem minimalista por onde o ar vaga com mais fluidez. Ajuda nessa impressão o fato de que, com a ajuda de uma marreta, algumas garrafas de vinho e um jovem estudante de Ciências Sociais que costumava lhe vender maconha, ela derrubou a fina divisória de gesso que separava o quarto da sala, tornando o ambiente em algo parecido com um estúdio. Como o apartamento pertence à sua tia — motivo pelo qual não paga o aluguel, apenas luz e água —, não teve grandes problemas por fazer isso, a não ser tirar quase duas dezenas de sacos de entulho, se deparar com a essência infinita da poeira e lidar com reclamações de vizinhos. Se embriagar e destruir uma parede, pensa Lissa, foi sua última ação que exigiu tanta energia e esforço físico. Mesmo naquela madrugada, quando o jovem sociólogo cujo nome não importa se enfiou dentro dela (porque foi isso que ele fez, ele se enfiou), e sua reação foi soltar uma risada de escárnio vinda não se sabe bem de onde, não houve esforço físico nenhum, e era essa a vida que ela queria levar, uma vida sem carne, sem ossos, sem peso, sem suor. Uma vida de substância translúcida que não se leva, mas é levada ao sabor das circunstâncias.

Sei o que você está se perguntando.

Não, ela não pensa em Alberto Flores, pelo menos não com frequência. E, quando pensa, já não o vê como um personagem lateral que vive à espreita de todas as suas imagens, e sim como um elemento bem definido num compartimento que oscila entre afetividade e remorso. Tem conhecimento de que se divorciou, saiu do Centro e agora vive numa casa. Sabe dessas coisas porque, depois da noite em que o beijou pela última vez e recebeu em troca um par de lágrimas minúsculas, eles seguiram trocando mensagens por algumas semanas, num ritmo decrescente que desde o primeiro momento indicava seu fim. Ela não se lembra quem mandou a última mensagem, aquela última mensagem que fica sem resposta, pendurada entre o que poderia ter sido e o que nunca acontecerá. É possível que tenha coisas dele consigo, como camisas e livros, ou que ele guarde coisas que lhe pertencem, como brincos e fotografias, mas depois de tanto tempo o prazo de troca expirou e esses objetos entraram para o inventário dos amantes tristes. A ruptura, que foi tão repentina quanto o encontro, a deixou triste por alguns meses, é claro, porque, diferentemente do que pensavam alguns de seus colegas de curso, ela não possui sangue de barata, e tem todo o direito de se chatear com as coisas que lhe acontecem, mesmo não transparecendo isso. Mas a vida é assim, ao menos deste lado do hemisfério. Quão desagradável seguir a cartilha óbvia dos amantes latinos, que imitam os movimentos da sua pátria, movimentos que criam com a mão esquerda enquanto destroem a criação com a outra, mais ou menos na mesma medida, embora às vezes a destruição pareça maior que a quantidade de coisas a serem destruídas. Que saco entrar para essa estatística invisível de jovens que vivem em um país gigante e que, mesmo assim, parece um grande antro de pessoas que fugiram de casa, jovens que se sentem isolados pela língua e transitam entre um idealismo eurocêntrico misturado a uma melancólica beleza latina, jovens que se encantam a um só tempo com textos de Bioy Casares, Silvina Ocampo, Alejandro Zambra, Roberto Bolaño e com filmes de Godard e Wong Kar-Wai, jovens que recebem continuamente toda a informação do mundo dos sonhos e têm tanta dificuldade em extrair e exportar a si mesmos deste pesadelo, jovens que fumam cigarros na cama, andam pelo Centro da cidade onde moram, consideram o Centro, a despeito de toda sua miséria, um lugar importante de ocupar, jovens que dizem não sentir medo mas que estão mais assustados que tudo, jovens brancos que conservam uma culpa burguesa pelo passado colonial do país, jovens filhos de outros jovens que fugiam de uma ditadura para se deparar com outra, jovens que escrevem poesia ou novelas curtas, jovens que, de repente, já não são tão jovens, e agora lidam com a quantidade de rupturas e decepções que foram acumuladas até este ponto e precisam seguir em frente, alheios a tudo que imaginaram, tentando manter, como quem tenta segurar um fósforo aceso debaixo de uma tempestade, um olhar belo e original sobre as coisas do mundo, nem que sejam tardes chuvosas de inverno, nem que seja o inverno outra vez e ainda outra.

Agora vemos Lissa sumir por trás de uma porta que mais parece um grande arco dentro do museu. Há uma exposição de fotografias. E ela vai.

Demarcação de fronteiras

1

Você finalmente visita sua mãe. Apesar do frio, ela te recebe no jardim, te obrigando a ficar de casaco, o que pode ser bom para que ela não perceba a magreza que se abateu sobre seu corpo. Você puxou à fisionomia de seu pai, não é nenhuma novidade, mas nos últimos meses parecem brotar hematomas do contato da pele com os ossos. Além disso, você tem fumado muito, o que debilita a circulação sanguínea e faz com que a cútis fique ainda pior. Somados a tudo isso, há seus encontros com Rebeca, que gosta de usar os dentes e as unhas para ficar marcada em suas costas, seu torso, seus braços, então talvez seja melhor manter as mangas compridas. O único rastro de uma vida desregulada é a arcada dentária de Rebeca impressa em sua mão direita. Você tem medo do que sua mãe pode dizer, mas ela não diz nada. Ela nem olha direito para você depois de abrir a porta. Apenas volta ao que estava fazendo: rever álbuns de fotografias do tempo em que morava na Argentina.

2

Você se aproxima. Depois de um tempo passando os olhos pelas fotos, ela para em uma. É um retrato em preto e branco de Marco. Dá para perceber que é inverno pelas roupas que ele usa. Sobretudo longo (que, por um segundo, te faz pensar em Lissa), cachecol listrado, botas de sola de avião e uma boina de lã cobrindo a calvície. Com a mão direita, segura um cigarro e com a outra o guidão de uma bicicleta. A paisagem é fabril, a foto provavelmente foi tirada em Avellaneda. Se lembra do Marco?, sua mãe diz. Você afirma com a cabeça, mas ela não tira os olhos do retrato. Então acrescenta, secamente: ele foi torturado.

3

Você senta na cadeira de mogno que fica sob uma pitangueira tímida, acende um cigarro e, enquanto observa o silêncio de Cons, elabora uma teoria. Sua mãe não é inocente, pode muito bem ter visto a marca na mão. É presumível que a ferida advenha de relações sexuais, em brigas as pessoas não costumam se morder. Um olho roxo ou um dente quebrado dizem briga, esta marca não. Esta marca é redonda, pequena e perfeita: transmite consentimento. Sua teoria é que para uma pessoa que viveu a época das torturas, ainda mais em dois países diferentes, que sofreu ameaças e viu amigos voltarem emudecidos dos porões da ditadura, a violência não tem nada a ver, nunca terá nada a ver com carinho. Na sua relação com Rebeca as fronteiras são bem demarcadas. Há palavras de segurança e momentos de ternura. As fronteiras entre corpo e país não são assim tão bem demarcadas.

4

Sua mãe pergunta o que te traz até ali e você não sabe a resposta.

5

Mais tarde, num almoço sem comida no apartamento de Julio e Mari, você expõe sua teoria. Mari diz que as pessoas mudam, que muito tempo se passou, que o carinho é intrínseco ao amor, não importa como ele se expresse. Mais do que se sentir traído por você mesmo ao expor uma ideia que só faz sentido calada, você se sente pessoalmente atacado pela resposta de sua amiga. Muito tempo se passou?, você diz. Foi ontem, você talvez tenha dito.

6

Mais tarde ainda, você está sobre Rebeca em seu quarto amplo e vazio e a luz de uma luminária que veio do antigo apartamento faz dos cabelos acinzentados dela um emaranhado prateado. Ela percebe que você a observa, então leva sua mão até o rosto. Bate, ela diz. E pela primeira vez em muito tempo você não se sente aéreo. Você sente medo.

The Brown Sisters

1

Nicholas Nixon. Você não tem certeza se já ouviu esse nome antes, mas a princípio as fotografias não lhe agradam. Tem um tempo que você evita se envolver com trabalhos artísticos norte-americanos. Já leu muito William S. Burroughs, Gertrude Stein, John Cage, Lydia Davis, Paul Auster, Diane di Prima, Anne Carson, Anne Sexton, Sylvia Plath, Eileen Myles, James Baldwin, Maya Angelou, William Carlos Williams, Frank O'Hara, Robert Creeley, Susan Sontag, e estes são só os primeiros que te ocorrem de uma lista muito extensa, que, é claro, se salvam desse sentimento anti-imperialista que cresce cada vez mais em você, que te faz achar as fotos de Nixon permeadas pela ingenuidade de alguém que nasceu num país "livre". Mesmo assim, é positivo que você tenha chegado na exposição por acaso, este fenômeno que você tanto aprecia, e não é bom deixar que um posicionamento político te faça perder de vista coisas que te atravessam, como acontece quando ficamos radicais demais. Lá fora chove e faz frio, você tem a tarde livre, já que deixou todas as identidades visuais de novas marcas para o seu turno da noite, e não é o fim do mundo ver a silhueta de prédios, mansardas, praças, portas, janelas, traços humanos, umbigos, cotovelos, cabelos, famílias sentadas em quintais, garotos magros na cama com bandeiras de beisebol às suas costas, enfim, não é o fim do mundo e aos poucos as fotos de Nixon vão lhe causando um certo espanto, ou talvez um estado de perplexidade, você não sabe bem, é como se você não entendesse o que ele está tentando fazer, como se uma pessoa estivesse gritando com você mas a tecla *mute* está pressionada.

2

Então você chega. O que Nixon realizou com o trabalho *The Brown Sisters* é simples e impressionante. De 1975 a 2014, ele fotografou sua esposa Bebe Brown ao lado de suas três irmãs, Heather, Mimi e Laurie. Durante trinta e nove anos elas se reuniam ao menos uma vez por ano para que ele as fotografasse, seguindo uma única regra: elas deveriam estar sempre na mesma ordem. Da esquerda pra direita: Heather, Mimi, Bebe e Laurie. Você imagina que seria trágico, mas muito provável, que nesses trinta e nove anos alguma das irmãs cortasse relação com as outras ou se cansasse do projeto. Mais provável ainda seria se Nixon e Bebe tivessem se divorciado. Menos provável, por alguma razão, e ainda assim muito possível, seria se alguma das irmãs tivesse morrido. Se Nixon tivesse morrido. Te espanta que esse pensamento seja o primeiro que lhe ocorra, quando você ainda nem terminou de ver as fotografias, mas é difícil parar de pensar nisso. Por exemplo, vendo os seus rostos nas fotos dos primeiros vinte anos, seria possível saber qual delas morrerá primeiro? O texto não diz o motivo de o projeto ter sido interrompido em 2014, o que deixa suas elucubrações em aberto. Claro que essa informação fica à distância de uma pesquisa na internet, mas você gosta que suas elucubrações fiquem em aberto.

3

O texto do curador é fraco. Foca na questão da vaidade feminina colocada em xeque a partir da decisão de Nixon de usar luz natural, o que não lhe parece o ponto. A erosão dos traços humanos, a transformação da pele ao longo de quarenta anos, os olhos que se tornam mais fundos, os lábios mais rachados, o cabelo desgrenhado e cinza, tudo isso é superfície. Todos nós nos observamos envelhecendo, mas o processo é tão lento e tão minúsculo que, muitas vezes, nos esquecemos de notar. Só quando, em alguma tarde específica, deixamos de nos reconhecer no espelho, percebemos o quanto caminhamos. Por isso não deixa de ser interessante observar quarenta anos na vida destas quatro irmãs em, digamos, uma hora, e entre cada ano não existam 365 dias, apenas alguns centímetros, mas caminhando entre as fotos você sabe que há algo a mais, que o trabalho de Nixon não é sobre testemunhar o envelhecimento. Afinal, podemos tirar fotos de qualquer coisa todos os anos, até mesmo todos os dias, para registrar a passagem do tempo. Se você fotografasse uma janela de uma casa diariamente durante um ano, ia registrar mudanças e a partir das mudanças da imagem poderia deduzir o seu contexto; fechada, inverno; aberta, verão; isso para ficar só no básico. Toda imagem é uma partícula de história que contém toda a história.

4

Você entende. Ao registrar as quatro irmãs todos os anos, Nixon registrou quarenta anos na história dos Estados Unidos. Uma história gigantesca e ruidosa, abrigada em detalhes mínimos. As roupas que usam, a maquiagem, os penteados e mesmo suas expressões, tudo pertence a um movimento muito mais largo. Todas as mudanças que envolvem Heather, Mimi, Bebe e Laurie, por mais fugazes que sejam, expõem o funcionamento de um mundo que não lhes pertence, as condiciona. Você acredita então que o que Nixon está tentando dizer, como se a tecla *mute*, enfim, tivesse sido desligada, é que se devolvemos ao mundo o olhar que temos sobre ele, se dissermos a ele que sabemos onde ele se esconde, podemos derrubá-lo, transformá-lo. A parte triste dessa história é que ela passa nos Estados Unidos, um país que não se envergonha da sua história, que não poupa esforços para que todos conheçam a sua história, que gera continuamente seus próprios registros, seja no cinema, na literatura ou na propaganda. Você, ao contrário, vive em um país sem memória. Que afogou documentos e registros em porões. Que apagou o nome de artistas que poderiam ter sido geniais, perseguindo-os, torturando-os, arrancando deles a força vital da criação. Um país que incendiou livros, cartas e fotografias. Que fez questão de abolir qualquer registro, justamente para voltar a se esconder na potência das suas contradições sociais e ressurgir no momento mais adequado. Qual não teria sido a história deste país se, em 1984, a Nova República tivesse organizado os documentos da ditadura? Se os exilados tivessem acesso aos seus documentos, se os filhos e filhas de desaparecidos políticos pudessem saber onde estão os corpos de seus pais para enterrá-los com dignidade. A forma como Nixon registra a história de sua pátria é tocante, mas esboça crueldade. Faz isso porque pode, você pensa. Porque sua história consiste em apagar a história.

5

Você sempre gostou de tirar fotografias, as considera uma forma de delinear as brechas entre os dias. Percebe que faz tempo que não as tira, que sua velha Olympus 35 está sem filme, encostada num canto escuro do quarto há quase seis meses. A última chapa revelada foi um retrato de Alberto Flores. Ele está com os braços cruzados sobre o Viaduto do Chá e, às suas costas, a cidade parece incendiada. Você não pode evitar de imaginar como seria se ele estivesse na exposição. Provavelmente o veria estacar em frente a algum destes retratos bem norte-americanos, uma família reunida numa varanda ou um par de garotos subindo a rua em bicicletas enfeitadas, cruzar os braços da mesma forma que os cruza na fotografia e balançar a cabeça com um sorriso incrédulo no rosto. Que merda, você consegue ouvi-lo dizer.

6

Já é quase noite. Você precisa ir. O pensamento central que ocupa sua mente nesse instante é o de comprar filmes fotográficos para a câmera. E fotografar muito, fotografar tudo. Alguém precisa registrar essa história.

A história dos cigarros

Fumo três cigarros desejando que eles fossem maiores, que eles fossem um único cigarro. São duas da tarde, o vidro das basculantes torna a fumaça colorida. Sei que preciso deixar este quarto em menos de uma semana e que meu próximo destino ainda é incerto. Estou num ponto suspenso do dia. As traduções de Hernández precisam de um tempo para refletir acerca de um impasse e dois clientes ainda não deram retorno das diagramações da semana. Enquanto isso, fumo, leio, tiro a poeira dos livros no chão que, eu sei, já deveriam estar em caixas, e me desespero nesta quarta-feira de inverno.

O cigarro que tenho entre os dedos é da marca Rothman's. Passei em três postos de gasolina e um supermercado para receber de todos os atendentes a mesma resposta: Marlboro tá difícil. A cada vez que ouvia essa informação, que ainda não sei bem o que significa, crescia a perplexidade. Então fumo estes Rothman's, que, acredito, já se chamaram Minister. Enquanto descia o escadão que há na esquina, considerei que é estranho que os Marlboros estejam em falta. Por muito tempo o Marlboro foi o único cigarro que não poderia estar em falta, era o símbolo supremo do tabagismo, a primeira coisa que pensávamos quando ouvíamos a palavra "cigarro", e só quando tirei as chaves do bolso, girei-as na fechadura e larguei minhas coisas em cima da mesa da cozinha, percebi que o mais coerente seria tirar esse pensamento do plural. Talvez eu só dê este peso aos cigarros Marlboro porque são os cigarros que lembro de ver meu pai fumando. Me vem então a ideia de um título: *Os cigarros de meu pai*. Mas não é este o livro que quero escrever, não ainda, então o descarto.

De meu pai, além dos cigarros, lembro pouca coisa. Lembro, sobretudo, de seu corpo, mas como se fosse um mosaico que eu via no umbral da cozinha. Nunca o via por inteiro, mas em partes. Via primeiro seu sorriso, depois o sorriso sumia e eu via seu cabelo, depois o cabelo sumia e eu via sua mão direita, depois sua mão direita sumia e eu via o tecido cotelê de sua calça, depois o veludo cotelê de sua calça sumia e eu via suas botas pretas, e assim sucessivamente, nunca seu corpo inteiro de uma vez só, até que eu não visse mais nada. Minha mãe não fumava nesse tempo, não fuma agora, deixou o vício em Buenos Aires. Já eu fumo desde os treze anos e no começo roubava os cigarros da amiga de minha mãe que nos abrigou no Brasil, cigarros que eu retirava das jaquetas que eram penduradas nas costas das cadeiras ou atiradas sobre a poltrona da sala. Ela sempre desconfiou de mim, mas desconfiava de todo mundo que vivia ali. Seus cigarros eram amarelos e mal-cheirosos, com tabaco cor de mel. Assim passei dos cigarros para as moedas e notas pequenas que se acumulavam nos mesmos bolsos, e, se tivesse sorte, conseguia comprar um maço de Marlboro por semana.

Eu e mais três garotos costumávamos matar aula em um terreno baldio a duas quadras da escola, onde dividíamos dezenas de cigarros e latas de cerveja. De vez em quando alguém aparecia com maconha e passávamos a manhã atirando pedras em garrafas de vidro. O Marlboro vermelho me dava certa posição de destaque na hierarquia dos meninos recém-ingressos na vida selvagem. Além de mim, ninguém conseguia fumar um inteiro. Eu também não conseguia, pensando bem. Sempre que apagava o cigarro na sola do sapato, como aprendemos nos filmes americanos, me levantava zonzo, tirava do meu medo de ser descoberto uma voz que eu considerava grave para dizer que precisava urinar e ia atrás de algum carro vomitar o café da manhã. Nunca fui descoberto e depois de um ano eu já conseguia segurar as entranhas facilmente. Foi essa, então, a maior contribuição de meu pai em minha vida. Alguns pais levam seus filhos para lutar boxe, pescar, atirar em coelhos, perder a virgindade em puteiros, tudo isso visando instalar em seus cérebros minúsculos uma ideia de masculinidade. De meu pai em pedaços, herdei a marca dos cigarros que fumo e que na infância me deram pelo menos a oportunidade de fingir que sabia o que estava fazendo. Seguindo este raciocínio, meu pai me ensinou a mentir, que é o que eu faço, é o que estou fazendo agora. Até hoje, quando faltam Marlboros e sou obrigado a comprar outro cigarro, sinto que na pressa das coxias acabei vestindo o figurino de outro ator.

Se só lembro do corpo de meu pai é porque o corpo de meu pai era basicamente idêntico ao meu e nós nunca contemplamos nosso corpo totalmente. Há várias partes de mim que nunca vi. Há várias partes de meu pai que nunca vi.

Em todo caso, somos muito diferentes. Segundo minha mãe, meu pai só se locomovia de bicicleta e era capaz de atravessar a cidade inteira para nos trazer uma cesta de legumes e uma garrafa de conhaque. Da minha parte, tenho pavor de rodas e só subo em carros, ônibus, bicicletas ou motos se for necessário. O melhor meio, o único meio de locomoção que possuo são as minhas pernas. Tenho ficado cada vez mais em casa e meus movimentos se limitam a acender cigarros, morder maçãs, abrir garrafas etc. Se vou à rua é para comprar mais cigarros, mais maçãs, mais garrafas etc. Ou para resolver aquelas coisas estúpidas que todos precisam resolver na rua, mas essas não interessam, não ainda. Nem sempre foi assim: quando morava no Centro passava a maioria das noites fora, procurando algo, fugindo de algo. Quando achei que tinha encontrado o que buscava, não demorou muito para que a realidade viesse buscar a parte que lhe pertencia, e aqui estou, sentado, fumando e pensando. Fumando e pensando.

A consciência da situação é a primeira coisa que precisamos para alterá-la. Levanto, calço os sapatos e saio para a tarde. O sol rabisca formas no meu casaco e o vento agita as copas das árvores. Pela primeira vez em alguns meses, caminho sem rumo e percebo que nunca havia feito isso de dia. É como se a noite nos desse um passe para a incerteza, para o vagar, tornando-se a parte do movimento da terra que possui um tempo não comercial, não prático. De dia todos estão indo a alguma parte, com a cabeça cheia de preocupações, todos têm um destino, um horário. À noite, eu só encontrava pessoas tão perdidas quanto eu. Percebi que apenas as pessoas perdidas olham para cima. Quem sabe onde vai, quem sabe o caminho, só olha para os próprios pés, e, quando muito, para a calçada.

Desço as escadas da estação Sumaré e paraliso no mirante. A avenida se estende abaixo de mim, ladeada por árvores e barrancos cheios de lixo. A imensidão de prédios ainda me impressiona, assim como a quantidade de carros e variações arquitetônicas. Lá longe, depois de tudo, vejo a serra meio apagada pela poluição, meio iluminada pela brancura do céu.

Decido entrar no metrô. Gosto de usar os trens, ainda mais quando não tenho aonde ir. A cada parada entro num vagão diferente, notando como as pessoas se distribuíram pelas cadeiras, quantas pessoas leem livros, quantas mexem no celular, quantas contemplam o nada, com os olhos parados no chão. Um homem perdido no deserto pode pelo menos se dar ao luxo de ir em qualquer direção, li em algum lugar, e assim vou da estação Sumaré até a estação Paraíso, onde faço baldeação para a linha azul. Primeiro vou sentido Tucuruvi. Agora são quase três e o metrô ainda está vazio, se preparando para a enchente de pessoas que vão se acotovelar por aqui às seis da tarde, que vão tropeçar umas nas outras nos vãos entre o trem e a plataforma, que vão sentir medo de serem roubadas ou assediadas, que vão em silêncio para casa, tomar um banho e fingir que o trajeto não passou de um sonho ruim. Em um vagão vazio, ando de um lado para o outro, observando meu reflexo nos janelões.

Quando o maquinista, que nada mais é que a ideia de um maquinista, a voz de um maquinista que talvez tenha morrido há um par de anos ou que talvez não seja mais um maquinista, anuncia a estação Liberdade, me ponho a pensar em Rebeca, em como ela é diferente de Lissa. O que em Lissa é concentração, em Rebeca é dispersão. O outro lado seria a relação contenção e expansão, mas a equivalência parece inexata. A concentração de Lissa é intelectual e moral; age como se vivesse num mundo pequeno e feito de vidro. Fala baixo, anda devagar (motivo de algumas das nossas discussões no tempo das caminhadas noturnas) e tem sempre no rosto uma expressão de sonolência que não deixa de ser eloquente. A dispersão de Rebeca mora em seus olhos e em sua garganta, quando anda pela rua ou pelo apartamento só vê o próprio pensamento como o lugar que precisa alcançar, para isso falando alto de si e daqueles que conhece, gente do mundo que não faço ideia quem sejam, sendo o principal motivo disso a minha falta de interesse; pode ser frustrante tentar mostrá-la algo como a passagem de um livro, um poema, uma nuvem ou uma inscrição curiosa na fachada de um prédio antigo. É como se Rebeca não pudesse ver nenhuma dessas coisas, como se um véu a impedisse, daí ela sorri e muda de assunto, para algum de seus assuntos. Em relação a mim, porém, Rebeca é mais contida, no sentido que cria uma pilha de entulhos para que eu não possa alcançar suas profundezas, o que tanto tenta esconder; mesmo quando estamos juntos na cama e ela me morde, risca minha pele com as unhas e vejo seu sorriso de espanto e prazer, percebo que finge. No entanto, começamos a nos ver para andar, beber, falar e transar em seu apartamento. Depois eu vou embora. Ou ela vai embora. Em todo caso, alguém vai embora.

Lissa foi expansão. Mesmo com seu jeito contido, ganhou cada vez mais espaço na minha vida, ou pelo menos nos meus pensamentos. Quando nos encontrávamos, ela deixava comigo uma parte nova de si com a qual eu ia criando uma personagem que me acompanhasse pelos dias, alguém invisível a quem eu pudesse mostrar as novas descobertas, me lamentar, me sentir consolado, mesmo quando não havia ninguém ali. Se expandiu para direções incertas, me fez pensar em futuros, casas, filhos e uma ideia melancólica de felicidade artesanal. Lissa se expandiu, e o peso do que lhe escapou deixou para mim só a personagem enquanto ela se afastava pelas ruas. Ou eu me afastava. Em todo caso, alguém se afastava.

Quando chego na estação da Luz, que não importa o horário, é sempre cheia, desço do vagão e tomo a direção oposta da mesma linha, sentido Jabaquara. Nessa direção ainda são três e quarenta da tarde e, quando chego na São Joaquim, saio do trem e subo as escadas para a rua. A imagem do Centro me causa uma reação complexa, como se eu nunca tivesse visto esta cidade à luz do dia, e fico sem saber para onde ir. Lembro que não tenho para onde ir e vou a qualquer parte.

Distraído, caminho até o Teatro Municipal, que sob o sol parece invisível, integrado à cidade, e não uma aparição vinda de outros tempos. Do nada, um sonho retorna. Nele, uma mulher diz que precisamos abandonar a terra, aceitar que destruímos tudo, que não fomos capazes de cuidar de nada. Lhe pergunto se o que está dizendo é que devemos deixar a terra para os animais. Não todos os animais, ela responde. Apenas estes animais: ela me mostra uma série de tanques cheios de terra vermelha, onde vivem minhocas e, eu sei, o animal ao qual ela se refere: aranhas brancas. Ela diz que não posso tocá-las e só vejo partes de sua fisionomia enterrada. Considero que talvez ela não esteja falando do planeta quando diz que devemos abandonar a terra, e sim no sentido literal. Como se lesse meus pensamentos (ela é um pensamento), me censura: qual a diferença? Então estou na casa da infância, mas não é a mesma casa. Tudo parece gigantesco e turvo, e há muita gente ao redor, celebrando alguma coisa. Há música, vinho em galões e abraços de emoção verdadeira. Ao ver um maço de cigarros sobre a mesa, me aproximo para conferir se posso pegar um e nesse gesto sinto que alguém me observa. Vejo minha mãe, ela me censura balançando a cabeça numa vaga negativa. Não parece brava, apenas decepcionada. Mas sei que isso não é sonho. Isso aconteceu, eu devia ter quinze anos. A casa onde morávamos vivia lotada de gente, como uma espécie de pensão, e os forasteiros que passavam por lá muitas vezes esqueciam ou abandonavam coisas sem valor que eram surrupiadas por quem ali estivesse e as visse primeiro. Na tarde seguinte àquela em que o regime militar brasileiro caiu, quatro anos depois da ditadura argentina, após uma noite que, pelo menos em nossa casa, foi de muita comoção, gente em quantidade que eu nunca tinha visto assistindo a uma única televisão, chorando, bebendo ou fumando em absoluto silêncio, a casa ficou uma bagunça, cheia de coisas que ninguém sabia o dono, chaves, carteiras, casacos, boinas, livros, e eu vi esse maço de cigarros em cima da mesa. Eram Marlboros vermelhos e eu sabia que meu pai não havia estado lá. Com um desejo louco de fumar e com a impressão de que fumar precisamente aquele cigarro seria uma maneira de tê-lo junto de mim num momento importante da história, me dirigi com determinação ao centro da cozinha e só quando estendi o braço percebi minha mãe encostada à porta. Foi esse o gesto que fez: balançou a cabeça numa vaga negativa. Estranhamente parecia que, para ela, aquilo era tão terrível quanto o que havia, enfim, terminado. Lembro de me sentir sujo. Mesmo assim, alcancei os cigarros, me virei e saí para a tarde quente de março.

***

Subindo a Consolação. Cinco horas. Não vejo o que há diante de mim e tropeço num monte de pedras na calçada demolida. A dor me invade feito um líquido quente e não consigo levantar. Tudo pulsa. Olho para cima quando ouço alguém dizendo para que eu não me levante. Ele torceu o pé, ouço alguém dizendo. Deve estar bêbado.

Rebeca

Me casei cedo. Tinha dezesseis anos quando o conheci e, aos dezoito, estava descalça em seu apartamento com um vestido cinza-escuro, recebendo os amigos após duas horas de calor num cartório no Centro da cidade, onde compareceram parentes decepcionados com nossa aparência displicente.

Na noite da festa ele estava bonito, com uma calça de cintura alta, uma camisa branca de linho, botas azul-petróleo e barba feita.

É preciso dizer que naquele tempo eu era muito mais jovem e ingênua do que sou hoje e me encantava por ele ser professor de Matemática em salas do ensino médio — onde nos conhecemos — e ao mesmo tempo tão entendido de literatura, cinema e discos de jazz.

É óbvio que nossos trajes pouco usuais não foram a única coisa a gerar estranhamento para os parentes. Durante os dois anos em que fomos impedidos legalmente de casar, meus pais fizeram de tudo para me demover da ideia e chegaram a tentar me proibir de vê-lo, sem resultado. Da parte dele, nunca soube qual era a opinião de seus pais a meu respeito; nos quatro anos em que ficamos juntos me dirigiram a palavra pouquíssimas vezes e pareciam nem olhar para mim nas nossas visitas. Seja como for, quando completei dezoito e tínhamos a lei do nosso lado e um apartamento abarrotado de livros, plantas, vinis, quadros e gatos, meus pais perceberam que talvez a ideia não fosse tão terrível e chegaram a ficar amigos dele.

Durante dois anos, ou melhor, durante um ano e meio o casamento correu com uma fluidez inesperada, como se aquela mudança não representasse mais nada além de um desdobramento natural dos nossos primeiros encontros, quando ele me buscava com seu carro em alguma estação de metrô ou lanchonete e seguíamos pelas ruas conversando até chegar à sua casa, onde fodíamos no sofá ou no chão. Isto é, ele passava a tarde indo de uma escola à outra e só retornava à noite, enquanto eu ficava sentada na poltrona fumando maconha, lendo poesia, escutando Don Cherry, olhando pela janela e esperando que alguma coisa acontecesse, que um trabalho caísse do céu ou que o ano passasse logo e viesse outra vez o vestibular no qual eu havia sido reprovada pelo meu péssimo desempenho — vejam vocês — em exatas. Às oito horas ele chegava e me encontrava preparando algo para comer, no geral macarrão com legumes que comprávamos na feira, então abríamos uma garrafa de vinho, comíamos, fumávamos das flores deliciosas que ele guardava numa caixa de madeira escura e fodíamos na cama feito um casal normal ou como nós acreditávamos que um casal normal deveria ser.

Nossa diferença de idade nem sempre era gritante, mas às vezes, quando ele assumia um tom professoral para falar comigo ou me repreender, o mesmo tom professoral que tinha me seduzido e que agora parecia ofensivo, porque agora não vivíamos numa hierarquia, eu ficava irada e o atacava. Sua calma nessas ocasiões era irritante, como se em tudo ele visse um princípio lógico, como se minha raiva ou frustração fossem um problema de contextualização, solúvel numa fórmula. Quanto mais plácido ele se mostrava, mais aborrecida eu ficava. Lembro de uma noite em que quebrei um por um os pratos de porcelana enfeitada que a irmã dele havia nos dado de casamento, ao que ele reagiu apoiando uma vassoura na pia, pegando um casaco e saindo para a rua, me deixando sozinha.

A coisa toda começou a desandar no fim do segundo ano, quando fui reprovada novamente no curso de Ciências Sociais da FFLCH. Depois disso, ele assumiu um ar distante, provável tentativa de esconder o que realmente pensava de mim, o que não durou muito; três garrafas de vinho foram o suficiente para que ele se levantasse da poltrona e começasse a dizer o quanto eu era imprestável, uma vagabunda que passava as tardes sem fazer nada, sem perspectiva alguma, enquanto ele me sustentava. Hoje em dia sou uma pessoa mais calma do que era há trinta anos. Fui uma garota de sangue quente, ideais fortes e muita força de vontade, e tudo isso havia me levado àquela situação: ver um homem em pé, um homem com lábios manchados de vinho, dizendo que me sustentava. Que eu era uma puta a quem ele sustentava. Fiz o que qualquer pessoa sensata faria. Levantei do sofá e dei-lhe um soco no nariz.

Não vou me estender sobre a forma nada pacífica que aquela noite se desenrolou, mas posso dizer que foi ela, e nada mais que ela, que nos fez arrastar o casamento por mais dois anos e meio, impulsionados por uma relação de prazer e dor, afeto e violência. Posso dizer que, ao se equilibrar e tirar a mão da frente do nariz, ele tinha uma mancha vermelhíssima no rosto e, logo depois, um sorriso que dizia que era aquilo que ele queria, que a dor, anestesiada pelo vinho, era a única coisa que eu poderia fazê-lo sentir, nunca amor, ternura, afeto, cumplicidade, paixão, era dor o que ele queria — e me pediu que o batesse mais.

Assim começou uma história que ia evoluindo todas as noites. Aos poucos acabaram os jantares, os trechos de Marguerite Duras que ele lia em voz alta enquanto eu tomava banho, os filmes de Michael Haneke projetados num lençol no quarto, as sessões de maconha medicinal ao som de Miles Davis Quintet, The Projectors, Bill Evans, Ramsey Lewis Trio, tudo ia se perdendo à sombra das noites em que eu o amarrava na cadeira e, antes de ser amordaçado, ele pedia que eu não tivesse dó. E eu não tinha. Maltratava seus braços, seu torso e suas pernas, vendo a ereção que se formava acima das cordas que prendiam suas coxas. Tentava poupar o rosto e as mãos para não causar problemas com o corpo docente das escolas, mas cansei de vê-lo atravessar a porta de manhã com bolsões roxos embaixo dos olhos e arcadas dentárias nas costas da mão.

Pouco a pouco deixou de esboçar qualquer preocupação com meu futuro, que outrora ele previa brilhante. Percebi tarde demais que, ao me deixar em paz, ele estava me transformando numa escrava, alguém que passava os dias chapada, comendo qualquer coisa da dispensa, sem nem pensar em trabalho ou estudos, apenas esperando, esperando que ele chegasse, atirasse o paletó na poltrona e, sem dizer nada, me puxasse para o quarto. Isso durou muito tempo. Deixei de ver amigos e amigas que me chamavam para bares e festas, alegando que estava cheia de demandas de algum novo trabalho, pelo qual eles me parabenizavam, e inventava desculpas ainda piores para driblar as tentativas de meus pais de me encontrar. Eu tinha vinte anos, nessa idade ninguém quer admitir que cometeu um erro. Prefere morrer a dar um passo atrás.

De repente, tudo parou. Deve ter coincidido com a chegada das férias escolares de inverno do nosso terceiro ano juntos, o fato é que ele deixou de manifestar desejos, eu mais ainda. Simplesmente acordávamos tarde, fazíamos café e permanecíamos em silêncio o dia inteiro, até que à noite alguém abrisse uma bebida para afugentar o frio. Os dias se tornaram longas sessões de leitura individual, sem música, sem comentários, sem nada além de três gatos entediados e o retrato apodrecido do que um dia havia sido um casal.

Em algum ponto, ele passou a empilhar livros dentro de caixas e achei que estava pronto para ir embora, mas não. Muitos de seus exemplares, principalmente aqueles de literatura latina do século XX, foram entocados no depósito do prédio e substituídos nas prateleiras por livros que eu não conhecia, escritos por filósofos obscuros, médicos e militares. Esses livros, que nunca cheguei a folhear, não saíam de suas mãos e não demorou muito para que ele começasse a expressar opiniões políticas que não possuía antes. A ditadura havia terminado há quase seis anos então, e ele abria a boca para falar sobre coisas que víamos sendo propagadas pelas autoridades daquele tempo. Falava sobre a ameaça comunista no Brasil, a continuidade do tráfico de armas de Cuba via Recife para revolucionários camponeses, e quando eu tentava argumentar que diversas pessoas haviam sido torturadas e mortas pelo DOI-CODI, ele mandava eu me calar e dizia que isso era invenção da esquerda, que as torturas nunca tinham acontecido nas alas superiores do Exército. Acho que nesse ponto considerei que ele tinha enlouquecido. Quando começou a retirar os quadros das paredes e a jogar os discos de música brasileira dos anos setenta no lixo, tive certeza.

O divórcio veio logo depois e não posso dizer que ocorreu sem complicações. Quando expus minha decisão, ele bateu o pé e disse que eu não podia, que ele havia feito tudo por mim e, em suas palavras, ficava subentendido que eu estava em dívida com ele. Lembro que ri na sua cara, fui para o quarto e comecei a tacar minhas roupas dentro de duas malas gigantescas. Ele veio atrás. No momento em que agarrou meu braço, não pensei duas vezes e quebrei o abajur da cômoda em seu rosto. A cara que ele fez, a expressão de um ponto desconhecido entre o tesão e o ódio, me acompanhou pelas ruas até eu chegar na casa de meus pais, aliviada e apavorada. Foi a última vez que nos vimos. Todo o divórcio foi mediado por advogados que fizeram de tudo para me preservar.

Então eu estava de volta ao lar. Me sentia um pássaro abatido em pleno voo. Os amigos e os parentes me tratavam como alguém que tinha acabado de se curar de uma doença longuíssima, agiam com tanto cuidado e pudor que me deixavam irritada. Sempre que alguém me perguntava o que é que eu estava sentindo, eu respondia "nada" e mudava de assunto. A resposta não era falsa. Não sentia nada além da ressaca de um amor por um fenômeno efêmero. Não queria mais ouvir falar sobre ele, porque, de algum modo, era como se ele nunca tivesse existido. Uma ilusão, fim.

Trinta anos depois dessa história, posso dizer que estou em paz. Não posso dizer que estou feliz, porque não acredito na felicidade, e sim numa espécie de plenitude que, embora dure alguns segundos, torna-os totalizantes. Trinta anos depois dessa história, me alegra lembrar que consegui romper o invólucro que me envolvia e elevar-me em relação às minhas vontades. Se sobrevivi, se me mantive sã, se aconteci, foi por um amadurecimento daquela força de vontade juvenil e, sobretudo, por todos os amigos e amigas que me indicaram caminhos, sem os quais estaria perdida. Em trinta anos ocorre muita coisa e todas as que ocorreram na minha vida tiveram início numa tarde de sábado em que uma amiga, procurando me tirar da letargia, me convidou para uma festa. Essa amiga era modelo, aparecia na televisão e em revistas constantemente, todos os convidados da festa eram modelos, fotógrafos e produtores, e nem preciso dizer que me senti deslocada. O susto, porém, durou pouco. Fui apresentada a um homem que até hoje agradeço imensamente por ter sido a primeira pessoa a me ver de verdade, a reconhecer em meus traços uma beleza que eu mesma desconhecia. Graças a Rubens e à conversa que tivemos naquela noite, tanto sobre trabalho quanto sobre música, filosofia e tristeza, conheci Roma, Buenos Aires, Lisboa, Pretória, Santiago, Havana, atuando como modelo diante das câmeras, algo que meses antes eu nunca teria imaginado possível. Foi uma mudança gigantesca, que parecia orquestrada por uma força e por uma lógica ainda maiores. Com o auxílio de Rubens, que trabalhava como meu agente, nunca caí na superficialidade que envolve o ofício da modelagem, e em todas as minhas viagens e experiências tentei extrair o máximo de conhecimento possível de fotógrafos, artistas gráficos, iluminadores, roteiristas, técnicos de som e quem mais estivesse por perto. A beleza, dizia Rubens, passa com o tempo. Mas o conhecimento, a poesia, a sensibilidade só aumentam com o tempo. Não sei se ele achava que eu era idiota ou o quê, mas nunca lhe disse que sabia que essa frase havia sido escrita por Tennessee Williams em *Um bonde chamado desejo*. A verdade é que Rubens estava certo em me dizer isso, porque, uma vez posicionada dentro do ambiente de trabalho não como alguém superior, mas alguém que ocupava uma posição de igual importância em relação ao trabalho de todos, fui sendo abraçada em diversos meios e me vi fazendo coisas que nunca imaginei, como palestras sobre fotografia e assistência para jovens modelos, dois trabalhos que, junto a outros, exerço e me sustentam até hoje. Rubens se foi, outros agentes vieram, conheci homens, mulheres, cidades, histórias, e quando vi no espelho os primeiros cabelos brancos, não poderia ter ficado mais satisfeita. Via minha vida diante de mim com carinho, perdoando todos os erros do passado. Eu não era mais uma jovem modelo, mas uma mulher respeitada, a quem recorriam quando precisavam entender que a imagem é sempre mais e menos que a própria imagem.

Com o dinheiro que havia economizado em todos estes anos, arranjei um apartamento no Centro de São Paulo. As janelas apontam para a mudança permanente da cidade, que espelha tudo.

Há alguns meses, conheci Alberto Flores. Foi na fila do banheiro de um bar no Centro. Ele estava bêbado e me pareceu um homem triste, ingênuo e belo, e que não podia conter dentro de si as contradições que lhe arrastavam e feriam. Falava, para quem quisesse ouvir, sobre a Argentina, sobre uma mulher que conhecia, e tentava elaborar comentários poéticos acerca de coisas que passavam por sua cabeça, que no ritmo da embriaguez só conseguiam soar patéticos. Naquela noite ficamos juntos, o levei para o meu apartamento e ele adormeceu logo depois de gozar. Observei seu corpo por um momento e, por mais alto que fosse, me pareceu só um menino. Ao encontrar a cama vazia na manhã seguinte, não me surpreendi, mas ao vê-lo na cozinha tomei um susto. Ele passava o café como se morasse ali há anos e, antes que desaparecesse pela porta, fumamos cigarros e conversamos. Se despediu com um gesto incompreensível, que deixava no ar se nos veríamos de novo ou não. Ao longo de toda aquela semana, mantive seu rosto em minha cabeça, pensando em como ele parecia comigo quando eu tinha sua idade. E em como, de algum modo, uma inversão havia acontecido.

O que importa é que, sim, nos encontramos outra vez, e de novo, e outra vez ainda, e quando vi nos encontrávamos quase todas as semanas para caminhar, beber ou foder. Percebi logo que Alberto só queria uma interlocutora, e, mais do que isso, alguém que o aplaudisse e o colocasse num pódio de inteligência e sensibilidade. Entrei no seu jogo para ver até onde ia, mas em poucos meses fiquei cansada e passei a considerá-lo pedante. Falava comigo tomado por uma cólera tipicamente juvenil, me tratava como se eu nunca houvesse lido um livro em toda a vida, como se a literatura e a tristeza fossem invenções suas. Nosso encaixe na cama funcionava, mas logo desmoronamos e deixamos de nos ver. Tenho certeza que ele pensa em mim como uma estúpida, mas a verdade é que não me importo. Ele é um ser apaixonado e perdido, como já fui. Um dia terá calma.

Lembro de uma tarde em que estávamos no Centro, Alberto mostrava algo numa vitrina, acho que uma escultura de madeira, quando me veio a impressão de estar diante do passado. Parecia mais gordo, com a expressão revolta e os olhos amargos. Parado na outra calçada, encarava um ponto indefinido. Por um momento era como se o mundo ao redor tivesse baixado o volume e só existisse ele, envolto pelas minhas memórias de juventude. A suspensão durou pouco, porque logo o sinal abriu e tudo voltou ao seu lugar. Ele se afastou arrastando uma perna, como se estivesse ferido. No seu lugar, restavam uma dúvida e a vontade de chorar ou rir por trinta anos. Meu primeiro marido desapareceu na multidão e, quando voltei à vida, percebi que Alberto me encarava com uma expressão arrogante no rosto. Trinta anos em trinta segundos. Então fomos embora.

Corina

1

Contam que Derek Jarman, o diretor de filmes experimentais britânico, quando estava perto da morte, já cego, se dedicava a cada dia com mais afinco ao cultivo de seu jardim. Depois de passar manhãs inteiras numa rotina dolorosa de exames e prognósticos pessimistas, voltava de carro com seu companheiro ao volante, deixando o vento tocar-lhe as faces e escutando o som de uma Londres que conhecia tão bem, e a primeira coisa que fazia após atravessar o portão da casa era ir ao jardim e se ajoelhar na terra. Antes de começar o trabalho, sentia, com as pontas dos dedos, a textura das pétalas de petúnias, crisântemos, margaridas, camélias e rosas que, mudas, ouviam as palavras carinhosas de seu cuidador.

Nos apoiando no sobrenome "Flores" e com certo esforço, e porque Corina é, ela mesma, uma "experimentadora do audiovisual", como se define, podemos usar a obssessão de Jarman como metáfora para o estado de espírito que se instaurou nela quando Alberto consumou uma partida mais do que anunciada. Ao modo de alguém que empunha pá, rastelo, tesoura, bomba de pesticida, regador, minhocas e adubos para ver crescer uma flora selvagem, bastou que Flores tirasse suas coisas do apartamento para que ali, no espaço vazio, Corina pudesse projetar o seu futuro e preparar-se para ele.

Nos dois dias que deu a Alberto para fazer a mudança, ficou hospedada na casa de uma amiga também no Centro. Na casa da amiga estava Nora, uma garota de cabelos curtos e olhos verdes que dizia ter acabado de romper com a banda em que tocava guitarra. Segundo ela, seus ex-parceiros perdiam tempo preocupando-se com futilidades mercadológicas, enquanto ela acreditava que a vida era curta e não fazia sentido focar em qualquer coisa que não fosse o som. Quando disse isso, Nora arqueou os dedos magros, feito segurasse uma esfera. Para encurtar a história, concluiu, sorrindo para Corina, eu estava hospedada na casa do nosso baterista, mas como mandei todo mundo à merda, vim pernoitar por aqui; e você? A dona da casa chamava-se Roberta e, antes que Corina pudesse responder, se precipitou e disse: alguma de vocês tem seda?

Enquanto Julio, Mari e Flores desciam caixas de livros e roupas pelas escadas — o prédio não possuía elevador —, Corina, Nora e Roberta passaram a tarde fumando e debatendo. Na noite em que ele dormiu sozinho no apartamento pela primeira vez em muito tempo e pela última vez definitiva, pensando nas transformações que se aproximavam e observando as luzes na janela até cair no sono, Corina e Nora dividiram um sofá-cama. O colchão era estreito, e, estiradas como quem procura estrelas cadentes, as duas compartilharam um baseado e falaram de suas vidas. Nora falou sobre paisagens sonoras áridas, cantos de lavadeiras e distorções; falou sobre Thurston Moore, Moe Tucker, Radio Play e Brian Eno. Corina, por sua vez, falou sobre o cinema como espaço onírico, efeitos de estranhamento, desilusão e infomarginalidade; citou Maya Deren, Kati Horna, Harry Everett Smith e Antonin Artaud. Então as duas falaram sobre multidimensionalidade, sociedades utópicas e as distinções possíveis entre política e arte. Ficou acordado que há um outro mundo à espreita deste. A fumaça, colorida pela luz de um semáforo que entrava pela janela, as envolvia. E por um minuto, um único e longuíssimo minuto, São Paulo virou o rosto para que as duas se beijassem.

Quando acordou, Corina desenrolou os dedos de Nora de seus cabelos cacheados, levantou-se e foi até a cozinha. Depois de encher um copo com água, alcançou o celular sobre a mesa e saiu para a varanda. A claridade do dia a surpreendeu. Ao se acostumar à luz, sentiu-se comovida pela cidade que via. Pensou que seu maior desejo era inscrever narrativas nessa paisagem. Produzir imagens tão lindas e imperfeitas quanto o conjunto de prédios e ruas, mas menos delicadas. No celular, viu que era meio-dia e que havia uma notificação. A mensagem vinha de Alberto e dizia que ele já tinha terminado. Se despedia agradecendo "por tudo", o que ela achou francamente cínico, tanto que até soltou uma risada. Não era verdade que não sentia nada por ele, havia carinho real, isso é certo, mas já estavam tão distantes que quase nem podia enxergá-lo. Nas noites em que ele saía para encontrar-se com Lissa, pensando que ela dormia, Corina, ao escutar a fechadura, se levantava, acendia um cigarro, abria o computador e começava a editar seus filmes, como se a ausência de Alberto, e mais do que isso, a ocorrência de Alberto numa história que não a sua fornecesse o clima perfeito para seu exercício criativo. Às vezes, ele só voltava de manhã e nessas ocasiões era até o nascer do sol que ela lapidava suas criações. Chegou a pensar nisso como uma fuga, mas não se reconhecia nessa hipótese. A transição de amantes para estranhos havia sido tão silenciosa que quase não deixou mágoas. Havia, isso sim, uma nostalgia, acompanhada de certa frustração, como costumamos ter diante de tudo o que planejamos e sai de outra forma, porém era pouco diante do que ela se sentia capaz de conquistar. E foi numa sequência de madrugadas assim que Corina terminou de editar o curta-metragem *Quase estranhos*, que enviou para um concurso da faculdade de Havana. O filme, de 67 minutos de duração, é dedicado, ao fim, para Flores, mas ele não tem como saber disso, pois não o assistiu.

Corina voltou para dentro e viu Roberta e Nora fumando cigarros e bebendo café. Nora sorriu para ela de uma maneira que lhe pareceu linda. Em frente às escadas da estação República, as duas se despediram com um beijo longo, pontuado por sorrisos, deixando combinado um encontro para aquela noite.

Mais tarde, quando Nora chegou, jamais poderia ter imaginado que um dia havia morado ali alguém que não Corina. A anfitriã, por sua vez, tinha passado a tarde mudando tudo de lugar, agradecendo os móveis deixados para trás. No lugar onde ficava a estante de livros, agora praticamente vazia e por isso fácil de transportar, ela pregou um lençol e instalou o projetor. As imagens vermelhas no tecido, que pareciam representar fosfenos ou grutas submarinas num mar de sangue, davam toda a iluminação do ambiente, ofuscando os pares de velas que ela havia distribuído pela casa. Na frente da tela improvisada, havia almofadões, um tapete felpudo e garrafas de vinho. E foi ali, cobertas pelo cone de luz que tremia e formava imagens de prédios e olhos, que as duas se absorveram por horas.

2

— Prazer, Juan, mas podem me chamar de Custódio — disse o tipo altíssimo e enrugado de jaqueta de couro e boina xadrez, que as esperava no Aeroporto Internacional José Martí. — Havana é uma cidade linda que ninguém sabe nada a respeito. Há cobras pelas ruas, entendam como quiser. Meu pai foi um argentino que chegou aqui num barco a vapor, formou-se em Direito mas acabou como um catador de papelão viciado em lança-perfume. Seis mil fantasmas de adolescentes assombram a Plaza de Armas depois que os livreiros de rua recolhem suas mesas. Há um ano, numa briga de bar, perdi os dois dentes da frente, como as senhoritas podem ver, e posso dizer: foi a melhor coisa que me aconteceu. Não ia demorar para eles caírem mesmo, mas, quando os perdi, me olhava no espelho e sentia-me péssimo, tinha vontade de me enfiar debaixo dos lençóis e só sair depois do apocalipse. Aos poucos, no entanto, um fenômeno inquietante tomou conta do meu espírito e percebi que estava perdendo qualquer senso de vaidade, isto é, tendo o ego dilacerado a partir da minha própria imagem. Caralho, pensei, eu que busquei a dissolução da identidade por meio do cinema experimental, consegui alcançar o zênite da hipótese da forma mais imprevista possível. Daí comecei a vagar pelas ruas da cidade como uma espuma na praia de Tarará, sem preocupações, sem mesquinharias, mas como um observador puro. Levava comigo apenas minha filmadora portátil e buscava registrar tudo aquilo que desapareceria: tertúlias em mesas de cafés em Miramar, cartazes revolucionários pregados em frente ao mural de Camilo Cienfuegos, rabos de peixe desfilando pela Avenida Malecon, tudo ebulindo, fervendo, torrando de calor sob o sol cubano, este sol cheio de dentes. Mais por conveniência que por necessidade, sou professor titular de linguagem cinematográfica na Universidade de Havana e curador no Cine Astral, em San Martin, mas chegaremos lá depois. O fato é que fui jurado no concurso de cinema experimental latino-americano da universidade e com essas mãos batizei o seu *Quase estranhos* como lutador brasileiro, portanto aqui estou, miss Corina, ao seu dispor.

Quando chegou o e-mail com a notícia de que *Quase estranhos* havia sido selecionado para representar o Brasil no FLACE — 1º Festival Latino-Americano de Cinema Experimental e que a embaixada cubana enviaria uma ajuda de custo para que Corina fosse à premiação com um acompanhante, ela nem pensou duas vezes antes de convidar Nora, que dormia com a barriga para baixo no colchão de casal. Fui selecionada, Corina a chacoalhou, porra, fui selecionada. Nora não fazia ideia do que ela estava falando, demorando um tempo para voltar à realidade, e quando finalmente compreendeu, agarrou a nuca de Corina e deu-lhe um beijo celebrativo. Na época, Corina trabalhava como barista num café embaixo do Copan. Quando perguntou para seu chefe se podia tirar uns dias, ele respondeu que se faltasse ao trabalho mais de dois expedientes seguidos, podia era procurar outro emprego. Então ela fez o que sempre quis fazer: tirou o avental, a boina, sorriu e disse, taxativamente: nesse caso, o senhor pode ir à merda. Nora, por sua vez, trabalhava como recepcionista numa multinacional e tinha alguns dias guardados para tirar, de modo que aceitou o convite imediatamente. Como as coisas mudam, pensava Corina ao descer as escadas do José Martí. Que novos cenários, que novos personagens! Em um dia, não passamos de figurantes na história alheia, meras aparições que ninguém se importa se são pessoas reais que sofrem, se perdem em quartinhos embotados pela fumaça de mil cigarros, têm conflitos e aflições em frente ao computador, para depois, um segundo depois, nos tornarmos protagonistas de nossas histórias, todos os detalhes de uma grande cidade espelhando nossas inquietações e desejos, abrindo espaço para que se manifestem, e a vida é isso, esse ir e vir de enfoques, essa reforma contínua que em um momento o que importa é um cano estourado, depois uma mancha no chão, mas tudo operando a favor de uma única estrutura chamada vida, uma vida como esses prédios que não sabemos se estão sendo construídos ou demolidos, pensava Corina a bordo do Chevy Bel Air 1957 empoeirado de Custódio, enquanto observava os edifícios velhos de Vedado, com janelas de onde pendiam lençóis e bandeiras.

— Há duas Havanas — disse Custódio, atirando uma bituca de cigarro pela janela do automóvel. — A Havana de Carpentier, que a definiu como "cidade das colunas", uma cidade formada por colunas, andaimes e guindastes, vislumbrada nos tempos das construções navais e que abrange El Vedado, El Cerro e Miramar; e a Havana de Reinaldo Arenas, composta por bosques, boates, perseguição política, tertúlias e uma promessa remota de fuga pelo oceano, que abrange La Víbora e Marianao. Em cada uma dessas Havanas vivem todas as ideias que qualquer pessoa possa ter da cidade. Na Havana de Carpentier ergue-se o busto do Che, por isso a metáfora — concreta — de sua reforma perpétua: há sempre um olho no futuro, na reconstrução e na força de vontade; na Havana de Arenas vemos o retrato de Fidel, quero dizer, uma Havana controversa, cheia de áreas cinzentas: por isso os inferninhos, as conversas à meia-voz e a expectativa de fugir a braçadas. A única forma de transitar entre as duas, não como um turista abobado mas como um olho vivo, é por meio do cinema. Só com uma câmera na mão é possível abrir portas em ambos os lados da fronteira.

— E onde fica a fronteira? — quis saber Nora, do banco de trás.

— Depende. Depende da hora do dia, da posição de Urano no céu ou de quantas garrafas de cerveja o sujeito bebeu. O fato é que se trata de uma fronteira móvel, que segue uma rotação constante e muitíssimo lenta, por isso passando despercebida pelas mesas onde aporta. Quando você menos espera, entre um relance do horizonte e uma corrida de táxi, pronto, aí está a fronteira, te barrando o passo.

Custódio deixou as duas na pousada que a universidade havia reservado, um par de sobrados geminados na cidade antiga que levava o nome de Guadalupe, e arrancou, não sem antes dizer, três ou quatro vezes, que ao cair da noite ele passaria por lá para mostrar-lhes a Havana de Arenas. O quarto de Corina e Nora ficava no segundo andar. Era pequeno e aconchegante, com uma varanda de ladrilhos vermelhos que dava para a rua. Detrás de alguns edifícios, era possível divisar a torre do Capitólio. Corina, quando pensava no termo "sorte", o considerava inexato. Estava ali por conta de seu trabalho e pelas madrugadas em que renunciou da sentimentalidade para extrair imagens de um estado de espírito que ela mesma desconhecia. Era como se *Quase estranhos* tivesse sido dirigido e montado não por outra pessoa, mas por outra Corina. Essa outra Corina, porém, não era simplesmente uma Corina do passado, mas uma Corina de outra dimensão, que por algumas horas de desespero assumiu o controle e guiou o caminho. Agora, o retorno disso vinha para a Corina, digamos, "oficial", que se sentia contente e assombrada ao mesmo tempo. Percebendo a perplexidade da diretora apoiada contra a porta da varanda e olhando estupefata para a paisagem urbana, Nora se aproximou e pôs a mão em sua cintura.

— E aí, o que achou dele?

— Quem? Custódio?

— Juan, Custódio, vá saber.

Corina deu de ombros. Ao vê-lo no aeroporto, sentiu um pouco de medo, como se tivesse caído numa emboscada. Mas ao vê-lo falar de forma tão empolgada e tão triste sobre a cidade, pensou que se tratava de uma figura solitária. Um ser perdido que talvez, só talvez, tivesse criado toda essa história de festival apenas para ter alguém com quem conversar. Isso não era ruim. Dentro dos delírios de um velho louco, ela se sentia menos longe de casa.

3

— Antes de me convidarem para ser um dos curadores do velho Cine Astral, onde os filmes do festival serão exibidos — disse Custódio, levantando o copo de mezcal contra a lâmpada de cor âmbar do abajur da mesa em que os três estavam instalados na boate Condor —, eu tocava, há muitos, muitos anos, junto com meu irmão Pablo, o Cine-Selvagem, um projeto de cinema de rua.

A voz de Custódio era distorcida pelas rajadas sonoras que vinham do palco do Condor, onde um grupo de seis senhores acompanhava, com instrumentos que iam da guitarra elétrica ao acordeón, que eles alternavam entre si, uma cantora cubana que ora parecia estar se lamentando, ora rezando, ora surtando. A jovem cantava em espanhol e em francês e magnetizava a atenção de no máximo sete ou oito clientes, homens que apoiavam seus copos de rum sobre o tablado e aplaudiam como que envergonhados ao fim de cada canção. Todos os outros clientes, os numerosos clientes das noites de sexta-feira, contribuíam para o ruído geral se acotovelando no balcão, implorando às garçonetes que lhe trouxessem mais cerveja, conversando aos berros nas mesas do salão e nas filas do banheiro e do caixa, e jogando cartas ou dados em rodas esfumaçadas e apinhadas de curiosos. Enquanto Nora se inclinava sobre a mesa, tentando captar as mensagens de Custódio, que não havia parado de falar nem por um minuto desde que o trio havia sentado naquela mesa ao lado do balcão, Corina bebericava de sua garrafa de cerveja, experimentava um cigarro Monterrey e observava, ou melhor, seguia observando, o que lhe parecia ser a única coisa a ser feita em tais circunstâncias. Pensava em revoltas populares, em cavalos nas ruas, em estudantes sendo massacrados pela polícia, em praças públicas inundadas de sangue. A cada passo que dava em direção à embriaguez, guiada pela cerveja e pela garrafa de mezcal Gusano Rojo que Custódio havia tirado de sua bolsa a tiracolo, a situação lhe parecia mais irreal, o que significa que podia se movimentar dentro dela com iguais precaução e liberdade, como se as causas e os efeitos, ali, naquela mesa do Condor, estivessem obliterados e tivessem assumido o caráter de um sonho. Procurava manter-se imóvel, sem nem sequer respirar, para depois erguer a mão e quebrar a brasa do cigarro dentro do cinzeiro, e esse gesto, a simplicidade desse gesto, reverberava em ondas que estourariam na gargalhada de uma mesa próxima ou ficaria em suspenso junto a uma pausa da jovem cantora cubana, que arruma o cabelo, toma um gole demorado de um cantil de couro e reassume a posição, os olhos congelados no primeiro centímetro de ar diante de seus olhos, como se todas as presenças e todos os movimentos estivessem interligados por um sistema sensível de fios que se cruzam e se tocam. Ouvindo a nova canção que começava, Corina distinguiu, em francês, as palavras "anjo", "bosque" e "solidão", o que lhe soou familiar. Só nesse momento ela olhou de verdade para o rosto da cantora e considerou que, talvez, a cubana fosse mais jovem que ela, embora tivesse os olhos mais tristes e uma postura que denunciava o cansaço e a força de toda uma linhagem de trabalhadores braçais. Quando se deu conta, já não observava as expressões da cantora e sim os lábios grossos e rachados de Custódio, que se abriam e fechavam sem pausa, espalhando perdigotos pelo ar. Apesar das aulas de espanhol que teve com Flores no início do namoro, encontros que lhe forneceram um portunhol no mínimo aceitável, resmungou com uma voz que soou estranha para ela mesma, como se tivesse passado anos em silêncio:

— Velho, eu não estou entendendo uma palavra do que você tá dizendo.

Custódio levantou e, com um gesto excessivo, indicou que havia uma escada de acesso para o terraço, onde eles poderiam conversar, respirar e fumar melhor. O Condor era uma boate de dois andares ao norte de La Víbora e, do terraço, era possível ver o párodo de jovens que iam pelas ruas de paralelepípedos entoando canções, dividindo garrafas de rum e soltando fumaça no ar da noite. A banda havia terminado de tocar e o que eles ouviam agora era o som distante e abafado de uma jukebox no andar de baixo. No terraço havia outros grupos fumando maconha e conversando calmamente. Nora sacou da bolsa dichavador, seda, isqueiro e uma caixinha de metal com a erva. Fazia calor e Corina se apoiou na balaustrada enquanto espiava o céu acima de tudo, com algumas estrelas apagadas pela eletricidade.

— Como eu dizia — continuou Custódio após apoiar a garrafa de Gusano Rojo no bistrô e retirar o maço de cigarros do bolso —, durante dez anos meu irmão e eu, Pablo e eu, tocamos o Cine-Selvagem. Dez anos, meninas. Dez anos não são dez dias, não são dez meses. Dez anos são uma década dedicada ao cinema latino-americano de guerrilha, são milhares de dias voltados à quixotesca causa do olhar contracolonizado. A coisa toda, como eu posso dizer, correspondia bem ao seu nome. Era selvagem. Três vezes por mês, Pablo, eu e mais dois ou três aficionados de ocasião nos enfiávamos no Pequod, nossa kombi vermelha sem bancos e, munidos de um rolo de seis metros de tecido branco, uma estrutura desmontável feita de metal e arame para armar a tela e um projetor com duas caixas de som valvuladas que tínhamos roubado do Cine

Metropolitan no tempo em que Pablo trabalhava lá como bilheteiro, fazíamos a ronda de todos os bares de Havana exibindo nossos filmes, os de nossos amigos e fitas que restaurávamos com intervenções, criando uma espécie de colagem, *cut-ups* aplicados ao audiovisual. Garanto para vocês que os grandes nomes do cinema cubano contemporâneo, pelo menos aqueles que começaram no experimentalismo, isto é, aqueles que prestam, todos eles estiveram em cartaz no nomadismo do Cine-Selvagem. A nossa fama cult-revolucionária se espalhou feito fogo na floresta: a mídia nos procurava, embora buscássemos sempre ser evasivos, esnobes como éramos, e grupos começavam a estudar nossos passos para conseguir nos mapear no futuro próximo, ignorando ou afrontando o caráter espontâneo de nossas aparições. Naturalmente, driblamos todos eles, assim como a polícia, o que não foi o caso das iniciativas que apareceram nos imitando e acabaram atrás das grades por perturbação da ordem pública. Nós vimos todos eles, o Anarco Cine, o Tele Subjetiva, o Ojo Vivo, cada um deles aparecer e morrer, como que consumindo a si mesmos. Nossa marca registrada eram os caixotes que conseguíamos com os comerciantes que traziam frutas e verduras de Viñales para vender nas feiras livres da região metropolitana. Com longas varetas manufaturadas a partir de antenas roubadas dos carros no ferro velho, nós podíamos usar os caixotes para cobrir as lâmpadas dos postes, mergulhando a rua no breu total para passarmos nossos filmes. Aqueles eram os anos dourados. Vivíamos sempre duros, mas o Cine-Selvagem nos dava ganas de continuar vivendo, então quem se importava?

— E o que aconteceu? — disse Nora, servindo-se de mais mezcal e aceitando o baseado das mãos de Corina.

— Aconteceu o de sempre. Aconteceu o que sempre acontece quando dois irmãos tentam fazer alguma coisa, desde a habitação do mundo até a construção de Roma. Deu merda.

No intervalo entre as duas primeiras sílabas da frase seguinte, irromperam no terraço, como uma aparição, a cantora cubana, de olhos bêbados, e um homem que segurava seu braço com o que parecia a força de um dominador, e a presença deles conseguiu calar a quase todos, que os encararam sem muita vontade de dissimular o magnetismo instaurado. Os dois se afastaram para o extremo oposto de onde o trio estava e nem por um minuto o homem forte, bronzeado e alto, com uma cicatriz em forma de meia-lua que subia do queixo até o olho esquerdo, deixou de sussurrar no ouvido da cantora, que a cada momento parecia mais perdida, jogada num tipo de transe. Ela apenas concordava com a cabeça algumas vezes e seguia bebendo do cantil que Corina havia visto em suas mãos no palco do Condor. A diretora encarava a cantora com firmeza, mesmo de longe, buscando em seus olhos meio apagados algo vivo, algo como um pedido de socorro. Parte do rosto do homem estava oculta pelos cabelos de sua interlocutora, sem falar nas sombras daquela noite, mas ainda assim era perceptível que ele lançava uns olhares violentos em direção a Custódio que, ao ouvir Nora perguntando-lhe se ele conhecia o sujeito, só deu de ombros e, sem falar nada, acendeu um novo cigarro e virou o rosto para a rua, tornando-se a única pessoa ali que parecia não se importar com a chegada do casal.

A história de Custódio foi interrompida alguns momentos antes de acabar, sua postura dizia que ele não ia continuá-la e, de fato, ninguém pediu por isso, como se a colocação "deu merda" fosse um desfecho bom o suficiente para a vida do Cine-Selvagem. Talvez fosse mesmo. Talvez "deu merda" correspondesse fielmente ao que aconteceu. Mas Custódio continuaria a história de outra forma. Se ele continuasse a história, contaria, por exemplo, que as coisas começaram a mudar quando Pablo, seu irmão, anunciou que mudaria de casa, que iria se casar com Estela, uma filha de caribenhos que andava namorando há uns meses. Até então, os dois irmãos sempre haviam dividido o teto. Quando o pai morreu, deixando-lhes de herança não muito mais que algumas caixas de papelão desmanchadas pela água da chuva, os dois começaram a viver numa habitação de um cômodo ao leste de Marianao, uma habitação precária cheia de jornais velhos, garrafas vazias, maços de cigarro destroçados, dois colchões desfeitos, rolos de filme e equipamentos roubados. Os ralos do chuveiro e da pia viviam atolados de pelos e sempre havia uma mancha de merda no interior da porcelana do vaso trincado. Não havia cortinas, nem plantas, nem quadros, nem livros, nem nada. Mas era onde os dois viviam e onde descansavam e manufaturavam seus estranhos filmes autorais, e no geral as coisas corriam bem, mesmo quando os dois bebiam e tentavam quebrar os dentes um do outro. No dia seguinte, ninguém lembrava. As coisas iam assim até que Pablo conheceu Estela, uma garota tímida e miúda, com olhos cor de pinhão e a pele da cor dos olhos. Desde a primeira vez que foram apresentados, entre as barracas de bebida, atrações e luzes de uma feira, Custódio só conseguiu sentir pena da garota. Era como dar uma flor a um jacaré. Ele sabia que Pablo não a merecia e que, se estava com ela, com certeza era com as piores intenções. Estava certo. Pablo havia conhecido Estela numa reunião clandestina na casa de Chico, um maluco que parecia um cão e que estava metido com tráfico de armas. Nessa noite, o grupo discutia a chegada de uma caixa de fuzis e como eles fariam para burlar a guarda do Canal de Iucatã, quando Estela entrou na sala com uma bandeja de chicharrones, fazendo todos se calarem. Estela era a irmã mais nova de Chico, mas não parecia um cão como ele. Seus olhos agitados e os ossos finos demarcados sob a pele faziam pensar mais num passarinho. E, como um falcão velho, Pablo, que almejava a posição de liderança ocupada por Chico para poder tirar o pé da lama e sair, enfim, daquele apartamento de merda que dividia com o irmão viado, estendeu suas enormes asas negras e começou a bicar o coração de Estela. Agora, a garota que costumava ser vista andando descalça pela areia da praia com as sandálias em uma das mãos e um punhado de conchinhas na outra, a garota que gostava de subir no telhado da casa e observar a lentidão do pôr do sol, a garota que chorava uma lágrima de alegria quando gozava, essa garota foi se tornando, aos poucos, sob a sombra de Pablo, alguém que estava sempre alterada de cocaína, a cocaína que ele lhe dava numa pequena colher que trazia pendurada no pescoço, alguém que mais parecia uma boneca de pano do que uma garota, alguém que, nas raras vezes que abria a boca para falar algo, não conseguia se fazer entender. Seus dentes, seus olhos, todo o corpo foi se estragando, entregue ao inferno. E foi com essa garota, numa tarde em que Custódio estava sentado em seu colchão, sem camisa, fumando e revirando as páginas de uma edição do *Granma*, que Pablo falou que ia se casar. Custódio, ao lembrar deste momento, conseguia acessar o sabor da raiva ao ver seu irmão se transformando no pior tipo de predador. As coisas com Chico haviam esquentado de fato, o grupo se diluíra num momento delicado, onde qualquer deslize poderia ser fatal, mas Pablo seguia convicto de que logo as peças se encaixariam de tal forma que seria ele a sentar na poltrona mais alta, com os companheiros a seus pés e uma garota destruída na coleira.

— Casar como, se não tem um puto? — Custódio jogou o jornal num canto e apagou o cigarro.

— Velho, eu me viro. Se eu fosse você, não estaria preocupado com isso. Eu vou dar o fora.

A mudança foi ridícula. As coisas de Pablo cabiam numa das velhas caixas embosteadas. Um despertador, umas calças e camisas furadas, só isso. Mas quando, sob o olhar emburrado do irmão, se dirigiu aos projetores, teve o pulso agarrado.

— Pode esquecer — rugiu Custódio.

— Que é, porra? Era meu cu que estava em jogo quando roubei essa merda.

— Foda-se. O Cine-Selvagem é um projeto nosso. As coisas ficam aqui, é o lugar delas.

— O caralho. Nem sei qual a questão.

— Bom, eu sei. A questão é que eu não dou um mês para você vender tudo e trocar por cocaína para a sua escrava.

O soco veio de repente, mas era como se o esperasse há anos. Custódio caiu sobre o colchão, derrubando uma fileira de garrafas vazias, e um segundo depois já estava em posição de bote. Foi direto na jugular. Os dois se chocaram contra a parede e, depois de ser sufocado o suficiente para ter um ataque de tosse, Pablo deu uma joelhada nas bolas de Custódio, que berrou e desabou.

— Viado nojento — cuspiu Pablo. Devia era te matar agora mesmo.

Então foi até os projetores. Então os empilhou desajeitadamente. Então os levou até a kombi. Então deu a partida. Então foi embora.

Durante alguns meses, era como se o silêncio tivesse descido sobre Havana. Cessaram as tertúlias, as sessões de cinema independente, as risadas nas portas para a rua. Semanalmente, Custódio passava na frente da casa de Pablo e Estela, um lugar não muito maior que o seu, apenas para vê-los da janela. Não demorou para entender que todos os planos de Pablo tinham ido descarga abaixo, que o irmão estava mais perdido que nunca e que, como tanta gente fazia, passou a alugar o cômodo contíguo para turistas desavisados que pagavam naquele buraco e nas batatas que Estela cozinhava um valor muito superior ao que era tabelado pelo governo. Ao saber disso, Custódio pensou seriamente em denunciá-los, o que seria um chute nas bolas bem dado, já que a ficha de Pablo, mesmo naquela época, não era brincadeira. Por fim, pensou em Estela, na pobre garota destituída de espírito que entrara naquele teatro doentio, que havia sofrido tanto, e como o machucaria vê-la desamparada, mesmo que a única coisa que tivesse para se agarrar fosse o pensamento maníaco de um criminoso, de um traidor.

Começou a temporada chuvosa, o mar criava redemoinhos surpreendentes. Houve um atentado. Foi quando começaram a falar de um homem suspeito que era visto caminhando ao longo das galerias próximas ao Palacio de Los Capitanes Generales, um homem calvo de sobretudo preto, que fazia fotografias e conversava com vendedores, policiais e garotas de programa. Certa tarde, perto das docas, Custódio o viu sentado na murada de pedra que serpenteava a areia, com as mãos metidas no bolso do casaco. Os poucos fios castanhos de cabelo se agitavam no vento. A água refletia os últimos filetes da luminosidade do dia. Se aproximou e, mesmo antes de olhá-lo de frente, o reconheceu: Marco. Custódio havia visto seu rosto uma única vez, na expressão assustada de uma 3x4 que passava de mão em mão no dia em que acompanhou Pablo a uma reunião na casa de Chico. Lembrava-se que o comentário geral era que esse sujeito, Marco, de maneira inexplicável, havia conseguido atravessar o Canal de Iucatã levando consigo não apenas uma bolsa esportiva contendo um rifle Blaser R93, produzido em Potsdam, na Alemanha, como uma quantia considerável de documentos adulterados, cada um indicando um país de origem diferente. Segundo Chico, o sujeito era argentino e tinha contato com os trabalhadores navais cubanos. A informação talvez não tenha tido o mesmo impacto na cabeça dura de seu irmão, mas Custódio ficou dividido com o fato de que a nacionalidade de Marco coincidisse com a de seu pai, como se de algum modo a correnteza sempre acabasse levando os desgraçados de um país até o outro, e o que estivesse sendo traficado não fossem drogas, nem armas, nem informações, mas espíritos errantes e lunáticos, resistentes à lógica da violência daqueles tempos. Não conseguia lembrar se queriam tê-lo como aliado ou se queriam matá-lo, só sabia que ele estava ali, sentado, o encarando com uma perplexidade meio louca. Não importava. O grupo havia se desfeito, Pablo se trancara com Estela e esse argentino tinha sobrado como um fantasma, a lembrança de que um dia aquilo tudo havia acontecido. Então o cubano se aproximou e disse, sem rodeios, que sabia quem ele era e que exigia saber o que queria. A verdade é que estava morrendo de medo, gases se reviravam em seu estômago, mas naquele tempo Custódio era jovem e se via na necessidade de impor alguma autoridade na história, como quem diz que as coisas já foram longe demais. O estrangeiro o olhou de uma forma desconcertante e ameaçadora. Depois, foi tirando devagar a mão direita do bolso — ao que Custódio reagiu apalpando a jaqueta para certificar-se de que seu canivete estava ali —, até sacar um papel dobrado. Uma fotografia. Carcomida nas pontas, trêmula nas mãos de Custódio, a imagem era o retrato de uma família. De frente para um parque, parece que os três foram colocados ali naquele instante: o pai com a expressão comedida de um lado, a mãe de óculos escuros e lenço do outro, e, no centro, um menino assustado. Custódio ficou olhando a fotografia, sem saber ao certo como reagir, incapaz de desviar o olhar, até que Marco pegou a foto de volta e, respondendo à pergunta — o que você quer? —, só disse: "isso". Daí se levantou, bateu a areia das botas e desapareceu.

Era, portanto, como se o silêncio tivesse descido sobre Havana. O tempo passou. Vieram queixas da população, repressões. À boca pequena, falavam dos afogados. Alguém, enfim, denunciou seu irmão e em poucos dias havia tábuas pregadas na porta. O Cine-Selvagem e toda a história sumiam sem deixar rastros. Cães reviravam o lixo nas esquinas. Tudo como num filme mudo, talvez, contaria Custódio, como num estranho filme mudo, se o tivessem deixado terminar a história.

4

Atraindo olhares de curiosidade e desdém, contrariando todas as expectativas, o casal se aproxima dos três. Custódio é o único que sabe quem são. O homem, sobretudo, ele sabe quem é. Há alguns meses, numa noite abafada, Custódio ouviu lhe chamarem e, quando se virou, viu a figura a bordo de um carro perguntando se ele aceitava uma carona. Apesar da cicatriz no rosto, achou o sujeito bonito e aceitou, pensando também no canivete que levava no bolso interno. Considerava que, na sua idade, não era bom deixar nenhuma oportunidade passar. O carro arrancou e depois de pouca conversa o homem estacionou e os dois se atracaram. Custódio gostou de sentir os músculos e a carne grossa da língua. Em um determinado momento, quando estava com o pau dele na boca, percebeu que os gemidos haviam cessado e se virou, interrogando com os olhos o que havia de errado, quando viu que o chupado olhava com atenção para o bosque que ladeava a estrada. Custódio se ergueu, o motorista abotoou as calças e saiu do carro. Custódio segurou o espanto quando viu que o homem tirava das moitas alguém que se escondia. Um *voyeur*. Era um magrelo de olhos opacos que tropeçou pedindo calma, dizendo que estava tudo bem, que ele nem tinha visto nada. O homem, que menos de dois minutos antes estava quase ejaculando, enrubesceu de vergonha e raiva, e Custódio, confuso, teve medo do que poderia acontecer. O que aconteceu, no entanto, não tinha como ser previsto. Sob o olhar atento do *voyeur*, o homem começou a espancá-lo. Dizia coisas como "olha o que eu acho dessas bichas de merda". Custódio nem teve tempo de pegar o canivete, e foi assim, na verdade, que perdeu os dois dentes da frente. Cuspiu-os cheios de sangue sob a luz da camionete que se afastava. O *voyeur* ajudou-o, mas rapidamente ele o empurrou e começou a andar. Foi seguindo pela estrada. A mesma estrada em que está agora, sentado ao volante de seu Chevy Bel Air 1957, levando de volta as duas garotas no banco traseiro, ignorando as perguntas que fazem, coisas como "o que você falou para aqueles dois lá no Condor?", remoendo o gosto de uma ameaça de morte tardia, fumando. Até que sente um baque e o carro para. É noite fechada quando ele abre a porta e levanta o capô, revelando um chumaço de fumaça preta se formando sobre a maquinaria. As garotas o cercam, agarradas aos seus casacos, e o perguntam o que diabos eles vão fazer.

— Eu só preciso pensar — responde ele. — Eu só preciso pensar por um segundo.

Fotografias

1

Buenos Aires, inverno de 1982. Roberto e Consuelo caminham pela Avenida Casares em direção ao Jardim Japonês. Entre os dois, segurando uma mão de cada um, saltando por cima de poças e rachaduras na calçada, vai Alberto Flores. E, um pouco atrás deles, com um cigarro apagado na orelha e uma Pentax no pescoço, Marco. Faz frio. O vento espalha flores de cerejeira e azaleias pelo chão, nuvens ocultam as sombras e quase todas as pessoas que cruzam, que são poucas, usam sobretudos, cachecóis e passam apressadas. O quarteto parece o único grupo de pedestres que não têm para onde ir, que consideram aquela tarde agradável para um passeio, embora não se trate disso. Definitivamente, não se trata disso. Em poucas horas, mãe e filho estarão dentro de um avião. Enquanto o pai fuma impacientes cigarros deitado no chão de um quarto minúsculo, aquele a que tratam como tio rodará por dezenas de edifícios oficiais, casas nem tão oficiais e esquinas noturnas de Buenos Aires. Esta é, portanto, a última vez que se encontram todos juntos. Eles não sabem disso. Ninguém sabe disso. Houve um tempo em que estavam juntos sempre. Quase todas as noites, tão logo Roberto chegava do trabalho e deixava as botas na soleira da porta, o ruído da corrente da bicicleta de Marco se aproximava do portão. Depois que devoravam o ensopado de carne e batatas que Cons preparava, os três iam madrugada adentro entre partidas de tranca, dezenas de cigarros e eventuais doses de conhaque, tudo para acordar bem cedo na manhã seguinte e tocar a vida, sempre esperando por algo, alguma brecha. No geral, essas sessões eram observadas de perto por dois olhinhos curiosos e espantados. Flores, do alto de sua banqueta ou encostado contra o peito do pai, sem entender grande coisa, limitava-se a admirar aqueles gigantes e a achá-los lindos. Não sabia o que estava acontecendo. Se Marco entrava com um olho roxo, por exemplo, como aconteceu um par de vezes, ele nem repararia. Sua atenção estava em outro lugar, mais elevado e ingênuo, como está agora — agora que, pendurando-se nas mãos dos pais, ele salta por cima de uma rachadura que se estende feito um relâmpago no calçamento. Não sabe que sua mãe usa um lenço verde-água e óculos escuros porque tem medo de ser reconhecida. Ou porque deseja esconder as lágrimas. Não sabe que seu pai está à beira de um colapso nervoso e que fuma mais do que o normal. Não sabe que Marco caminha atrás deles porque, de algum modo, quer guardá-los na memória dessa forma. Não sabe e, no futuro, amaldiçoará milhares de vezes não ter sabido. Não ter tido a chance de fazer nada.

2

Alberto Flores e Melissa Zoratte caminham. No fundo, é só o que sabem fazer. Parecem dois fugitivos que não querem ser notados, por isso não correm. Caminham. E a caminhada é pontuada por cada uma das latas de cerveja que abrem sob uma garoa que, se não fossem pelas luzes azuis e vermelhas da noite de sábado do bairro da Liberdade, nem se faria sentir. Vão praticamente calados, feito estranhos. As poucas palavras que trocam são sobre coisas que veem: um cão de três patas que cruza o caminho, uma estranha boate cuja fachada é pintada com ideogramas toscos e de onde emana uma luz branca fortíssima, grupos de senhores orientais que, bêbados, apoiam-se uns contra os outros no meio de uma partida de dominó. Flores e Lissa avançam sem um rumo certo. Podem subir as escadas de algum motel, podem entrar em alguma das biroscas mal iluminadas e ordenar uma dose de qualquer coisa, mas não parecem dispostos a desobedecer à inércia. É a última vez que vão se ver. Mas não sabem disso. Ninguém sabe disso. No fundo, talvez, desconfiem. Mas não sabem. Se soubessem, é provável que nem conseguissem despedir-se, e está aí a natureza das rupturas. Mais do que abruptas, precisam ser repentinas, violentas até para aqueles de quem partem. É uma janela minúscula e fugaz de tempo em que alguém diz "acabou". Perdida a chance, é preciso aguardar a volta completa de toda uma roda de ofensas, silêncios e arrependimentos embalados por uma ternura empoeirada. Essa noite, Lissa conseguirá vislumbrar a janela. E atravessá-la. Mas não ainda. Por isso seguem caminhando, estourando o lacre das latas e olhando as coisas. É sábado, perto das dez da noite, e a cidade parece abandonada. Veem portas de ferro baixadas, pessoas dormindo na calçada, e — à parte os velhos bêbados —, cadeiras e mesas vazias. Uma garçonete coreana se encosta no batente da porta e acende um cigarro. O chiado de um rádio escapa de algum apartamento. Carros regam a rua com a água encardida. Enfim, numa afronta a tudo, enquanto cruzam a ponte Mie-Kem, Flores apoia os cotovelos no guarda-corpo e observa a Nove de Julho, seu movimento e suas luzes. Lissa se encosta num paraciclo e suspira. No bolso do casaco de camurça, sua Olympus 35.

3

As carpas do Jardim Japonês. Muitas vezes Flores se lembraria delas. E, ao se lembrar delas, prateadas e douradas vagando submersas, recordaria da sombra que se projetava na água. A sombra de Marco. O momento em que ele pousou a mão em seu ombro e lhe entregou um saquinho de ração para os peixes. Como dois velhos amigos, ficaram alimentando os peixes por um tempo, vendo-os erguerem as bocas à superfície. Flores, neste momento, estava muito sério, como se presenciasse algo mágico. Agradecia seu tio por isso. E não era estranho chamá-lo assim — tio. Não era irmão de sangue de Roberto, tampouco de Consuelo, mas não importava. Já naquela idade, parecia compreender o que só viria a formular anos mais tarde: existem algumas circunstâncias, eventos políticos e sociais, que nos irmanam. São frutos da necessidade de acolhimento e contato humano, uma forma de instinto que se forma sobre um afeto endurecido, fundamental e, muitas vezes, tão contraditório quanto os laços sanguíneos. Há um sangue que corre nessas irmandades, mas ele não corre nas veias. Esse sangue se derrama em praça pública, se esgueira por becos e vielas, está em cada bituca amassada no cinzeiro depois de noites longas. Não, não era estranho chamá-lo assim. Poderia, se quisesse, chamá-lo de irmão, primo, companheiro, aliado. Com o tempo, entenderia que poderia ainda chamá-lo de anjo, guarda, protetor. Mas, naquele instante, de pé sobre o laguinho do parque, o via como a figura que lhe ensinava a domar carpas. E isso era tanto. Era o bastante.

4

Observar a Nove de Julho é como observar o mar, diz Flores. Quase consigo ouvir o mar daqui.

Lissa inspira fundo. Não adianta. Não existe nada que Flores possa dizer, por mais lindo, poético, estranho e sedutor que seja, que vá lhe comover. Comporta-se como alguém que já assistiu a um filme centenas de vezes. Odeia-se por estar assim, mas não consegue evitar nem controlar. Parece a um ponto de se desconectar do mundo, e para isso precisa uniformizá-lo, demarcar onde ele termina e ela começa. Flores faz parte do mundo. Ali, encostado no guarda-corpo, parece belo, mas faz parte de um mundo que ela deseja deixar. Ele continua falando, fala sobre o mar, as águas, os peixes, só que para ela, naquele momento, a Nove de Julho, mesmo com a garoa atravessada na atmosfera, não tem nada de aquático. Pelo contrário. Para Lissa, é como se cada um dos prédios da paisagem estivesse ardendo em chamas, e cada um dos carros sendo tragados por essas labaredas imensas, derretendo, se carbonizando. Esse é o desejo dela. Que tudo se desfaça em cinzas para renascer de outra forma, talvez daqui a muito tempo. Ama Flores, ou algo assim, mas é preciso dizer a palavra. Não é uma escolha. É agora ou vai arrepender-se, e não cabe nem um só mais arrependimento em sua vida. Que as caminhadas, os gatos, os apartamentos emprestados, os orgasmos, as tardes, as leituras, os silêncios, as conversas com garotas de programa do Centro, o balcão de um bar e um quarto de motel — que tudo possa ser lembrado por alguém, evocado nas fotografias e versos do futuro. Agora é o fim. É o que diz, encarando-o. É o fim.

5

Crepúsculo. Consuelo está relutante, o salto de seus sapatos afunda na grama. Marco insiste. Demonstra a doçura de sempre, mas dá para perceber que não vai ceder. Por bem ou por mal, vai tirar essa foto. De todos os quatro, talvez seja o único que, de alguma maneira, intua que se trata de uma despedida definitiva. Com visível desconforto — agora eternizado —, os três se aglutinam em frente à entrada do parque. A poucos metros de distância, Marco encosta um joelho no chão, leva a Pentax ao rosto e os focaliza. Então dispara.

6

Agora é o fim. Mãos trêmulas, um carro que demora um segundo a mais. Um par de cigarros fumados pelo vento. O rádio que escapa da janela. Fumaça. Uma última coisa, diz Lissa, tirando a Olympus do bolso.

Na foto não se veem as lágrimas.

III. AGORA É O FIM

Melissa Zoratte

Todos os barcos afundam em alguma medida, disse meu pai certa vez, quando eu tinha oito anos. Como ser feliz se você ainda se lembra do que seu pai te disse há duas décadas? Tudo que veio depois, o primeiro tombo de bicicleta, o primeiro beijo, a menstruação, os primeiros cigarros e goles de cerveja, o primeiro documento falso, a perda da virgindade, as dezenas de livros que logo virariam centenas, as decepções amorosas, as canções de Durutti Column, a universidade, a viagem para o México, o retorno para o Brasil, nada foi suficiente para apagar a tarde de março que agora retorna, sob a garoa, em que estávamos no pátio de casa e, respondendo a alguma pergunta que talvez eu tenha feito em silêncio, meu pai pesou a mão em meu ombro direito e disse: todos os barcos afundam em alguma medida.

Penso nisso sob um guarda-chuva transparente, esperando para atravessar a rua enquanto nuvens escuras coroam o Bixiga. São seis da tarde. Jovens saem do colégio e fumam na praça, os mercados enchem de gente. O mundo se exibe para mim, perfeitamente fotografável, e mesmo assim não encontro o que quero, a nota inaudita que doma o tumulto de que falou Breton. Nos fones de ouvido, Nick Cave canta sobre uma mulher de cabelos negros que pega um trem para o oeste, uma mulher que eu gostaria que fosse eu. No fim, sinto como se me afogasse em referências que me deixam à distância do mundo tangível. Mas é assim desde que abri a página do primeiro livro. A arte como a grande pilastra que sustenta a estrutura. A introspecção me empresta este ar de estrangeira, faz com que os comerciantes e as pessoas na rua me olhem como se soubessem do meu segredo, dizendo que não pertenço a este mundo, que é melhor voltar para meu apartamento junto de meus livros, discos e filmes e continuar a um só tempo julgando e ignorando tudo, porque o gosto dos bolinhos de feijão, a final do campeonato brasileiro e os conflitos do novo reality show da rede Globo são coisas das quais sou privada de saber.

Susan Meiselas, a fotógrafa que foi tema de muitos dos meus debates com Sebastián, no México, dizia que, para ela, a câmera fotográfica funcionou como uma espécie de passaporte, algo que a permitia permanecer em lugares onde definitivamente não era bem-vinda. Mas estamos falando sobre os guetos de Nova York, as trincheiras da Nicarágua, e não sobre um bairro turístico e comercial de São Paulo. Aqui nada é sobre o espaço de encontro, mas sobre o espaço de retorno. Posso habitar um pequeno compasso de tempo com este senhor que me vende amendoins e aqui estamos, mas ao final do dia não vamos voltar para o mesmo lugar, não vamos voltar nem para o mesmo mundo, e é isso que nos separa, a iminência. A certeza interiorizada de que todos os nossos atos são expressões máximas de uma ruptura social de centenas de anos.

Não sei. Caminho sem rumo nem vontade, procurando algo para fotografar, mas não vou encontrar nada. Vejo mais uma vez as luzes refletidas nas poças d'água e tudo parece tão óbvio, tão sem aderência.

A realidade se comporta como um desses textos que vão se desmembrando, parágrafos cada vez menores, frases abstratas e gerais que indicam o fim de algo.

Nada é uma questão de vontade. Quem manda no mundo são as circunstâncias, o panorama caótico no qual somos apenas um ponto. Temos tanta importância na nossa própria história quanto tem importância o sistema digestivo dos peixes abissais na história das nações.

Penso em fotografar as pombas que se enfileiram sobre os fios de tensão, penso em escrever um poema no caderno, penso em encontrar alguma metáfora na transparência deste guarda-chuva que me permite ver a escuridão do céu. E de novo tudo parece inútil, sem importância. O que me deixa feliz, de algum modo.

Lembro do meu quarto no México, na Rua Colima, das infiltrações e rachaduras no teto e nas paredes, das visitas que recebi, da solidão que tomava conta de tudo naqueles dias, e continua tomando, nestes.

Lembro do pátio da casa de meus pais, ladeado por árvores que não existiam na terra dos pais deles, e do odor das garrafas de vinho nas noites festivas.

Recordo de sonhos que anotei em cadernos perdidos, em como caprichei na caligrafia de textos que ninguém vai ler.

Lembro que Lissa, como me chamam, não é meu verdadeiro nome.

Lembro de meu pai dizendo que todos os barcos afundam em alguma medida.

Me pergunto se eu diria isso ao meu filho, caso um dia ele exista.

Acho que diria a ele para imaginar quantas pessoas no mundo estão, neste momento, assoprando uma vela, como um dia me disseram e fiquei assustada.

Penso em alguém. Depois em ninguém.

Penso em seguir pelas ruas, comprar cigarros, e depois, só depois, desaparecer para sempre.

Alberto Flores

Flores está sentado à escrivaninha. Ao seu lado, há uma janela que se abre para outra janela, e, um pouco mais adiante, a visão de um parque coberto por figueiras de copa avermelhada. Sobre a escrivaninha, há um computador, uma pilha de livros e cadernos, uma luminária e um santinho de madeira. São Francisco. Sentado numa cadeira de escritório de respaldo alto, Alberto parece sereno. Vemos sua perna direita enfaixada e apoiada sobre uma almofada num banquinho. O gesso começa um tanto abaixo do joelho e está coberto de assinaturas e desenhos, a maioria deles feitos por Julio e Mari, que, após Flores quebrar o pé, foram contatados e os primeiros a dar as caras no hospital. Que desastre, disseram, tirando da bolsa maços de cigarro, um cantil de conhaque e um tabuleiro de xadrez. O quarto de Flores era no décimo andar, assim eles conseguiram fumar na varanda, soprando a fumaça por uma abertura no vidro e dispensando as bitucas no ralo. Então passaram a tarde conversando e jogando, dividindo a bebida em goles pequenos. Quando a noite caiu, seus dois amigos o meteram numa cadeira de rodas alugada e o tiraram dali.

Nessa noite, Flores adormeceu no sofá de Julio e Mari, ao qual ele costumava referir-se como "meu velho conhecido", e teve pesadelos. Sonhou com a cidade tomada por uma nuvem escura e pegajosa que entrava nos apartamentos e se apossava de tudo. Entrava pela boca e pelos ouvidos dos moradores, expelindo seus órgãos para fora da pele com a força de um projétil. Depois acordou e passou o resto da noite fumando, olhando pela janela e buscando em seu celular possíveis lugares para morar. Viu dezenas de quartos, edículas e quitinetes que ou não cabiam no seu orçamento ou não lhe interessavam. No dia seguinte, quando o levaram para o quarto que logo teria que deixar e o ajudaram a empacotar grande parte dos livros e das roupas, no final da tarde, respondeu a um anúncio que havia visto na internet. Era de um amigo de uma conhecida, um cidadão que viajava muito a trabalho e estava alugando um quarto em seu apartamento, não porque faltasse grana, mas porque tinha três gatos e precisava que alguém os alimentasse enquanto estivesse fora. A fim de não gastar uma fortuna com cuidadores, realocou seu escritório para a sala e o transformou num quarto. Na tarde em que Flores, apoiado em muletas, conheceu o apartamento, o achou parecido com seu proprietário, um tipo que habitava o vão entre o mistério e a falta de personalidade. Mesmo assim, fechou acordo com Silas, que dentro de dois dias partiria para uma viagem de três meses pela América Latina, quando Flores poderia vir com sua mudança. Minha mudança cabe no bolso de trás, respondeu Alberto, mas Silas não entendeu, apenas levantou a mão num gesto que parecia uma despedida.

Na tarde em que Julio e Mari levaram Alberto e suas caixas para o novo endereço, próximo ao

Rio Pinheiros, passou por ele algo parecido com serenidade. As ruas, as pessoas e os prédios, indecifráveis, lhe davam essa sensação. Essa sensação que vemos em seu rosto, agora que ele está sentado diante de um processador de texto, e que poderia ser definida como "serenidade ferida". Um vento se infiltra pela janela e levanta as capas dos livros. É sexta-feira. Uma música irrompe da praça. O documento no computador está em branco. Alberto folheia um caderno de capa dura, cheio de anotações e fotos coladas. Então se detém, fecha os olhos por menos de um segundo e alcança a imagem de São Francisco sobre a mesa. A estatueta é feita de mogno e não possui pintura. Percebe-se que foi talhada com uma goiva cega que encheu o corpo do santo de imperfeições e farpas. É um objeto rústico e único, e na base, sob os pés do padroeiro, vemos entalhado o nome de um estado. Tocantins. Marco, pensa Alberto, foi Marco quem me deu isso. É fruto das numerosas viagens que fez antes da ditadura. Relembra as noites de sua infância em que Marco e Roberto, seu pai, matavam várias garrafas de vinho e ficavam contando histórias, sentados na cozinha.

Em Tocantins, Marco havia ficado preso junto com mais dois pesquisadores argentinos em uma tribo dos Apinajé, que viram nos portenhos uma ameaça. Passaram seis noites numa palhoça, sendo observados por crianças de olhos faiscantes e por adolescentes que não diziam nada, apenas seguravam lanças e acompanhavam cada um de seus movimentos. Mais de uma vez Marco tentou fazer contato, extraindo da memória algo que havia aprendido sobre dialetos indígenas brasileiros no tempo em que frequentava os corredores do curso de línguas da Universidade de Buenos Aires, mas a cada sílaba se enrolava e o mutismo dos indígenas parecia mais ameaçador. Por fim, recolheu-se junto aos amigos em seu destino trágico e tentou dormir.

Aos poucos, foram perdendo a noção do tempo. A densidade da mata mergulhava o interior da palhoça num lusco-fusco perpétuo, os sentinelas nunca se revezavam e a única coisa que indicava o passar das horas eram fatias de peixe fresco que um dos jovens levava em uma cesta de palha. Até que em determinado momento, dizia Marco acendendo um cigarro, dois deles entraram na palhoça, nos tiraram do nosso canto e nos puseram em marcha. Passamos por dentro da aldeia, e foi difícil dizer se era noite ou dia. Era mais como se o céu estivesse branco e o tempo parado, suspenso no ar. No centro do povoado, vimos um pátio de terra batida e em seu centro as brasas frias de uma fogueira. Ali havia mulheres jovens e homens muito velhos sentados em troncos, apoiados em cajados. À nossa passagem, com exceção dos que nos conduziam, não vimos nenhum homem jovem nem nenhuma criança. As mulheres e os anciãos acompanharam nossos passos com o olhar, até que adentramos na mata. Estávamos todos descalços, nossos pés iam afundando na lama e recebendo chicotadas de raízes e galhos. Passado um tempo, chegamos a um braço de rio e eu pensei bem, é o fim, aqui acaba. Vão nos matar afogados. Tentei pensar em alguma prece dos tempos do seminário, mas naquele momento, por alguma razão, eu só conseguia pensar no rosto de São Francisco.

Sempre que contava essa história, Marco repetia que São Francisco, para ele, era o Allen Ginsberg dos santos, pois costumava montar um palanque nas vilas por onde passava, abrir a bíblia ao acaso e ler em voz alta. Esse ato era repudiado pela igreja católica, e mesmo assim ele foi canonizado.

A imagem de São Francisco, naquele instante, me acalmou. Pensei em seu amor e em seu carinho incondicional, não só pelos homens mas também pelos animais. Pensei em seu corpo esguio, coberto por uma bata marrom e rodeado de carneiros e aves brancas. Pensei em sua cabeça, calva como a minha, envolta por um halo dourado. Pensei em tudo isso como forma de aceitar minha sentença, minha condenação por ter atravessado fronteiras proibidas, e abri os olhos. A água tremia sob uma canoa, e sobre ela vinham remando dois homens Apinajé. Os jovens que nos escoltavam fizeram sinal para que embarcássemos e obedecemos. Quando nos afastamos, com um deles sentado às nossas costas e o outro na ponta da canoa, remando, e a terra havia desaparecido, percebi que amanhecia. O sol se esparramou sobre o rio, revelando ilhas e montes antes escondidos pela neblina, e poucas horas depois a canoa atracou próxima a um mangue. Nós três sem nada. Sem documentos, sem bagagem, sem bússolas, nem sequer com sapatos. Abandonamos o barco e passamos horas vagando por dentro do mato, sem ter ideia de onde estávamos.

Marco lembrava de Siron, um dos pesquisadores que o acompanhava, sentado aos pés de um salgueiro gigantesco e dizendo, em espanhol, *todo lo que quería ahora era tener un revólver*. A frase impressionou os dois outros pesquisadores, e nesse momento Marco começou a perder as esperanças, mas depois que continuaram andando e as primeiras estrelas apareceram, seus pés tocaram terra batida. Exaustos, perceberam diante deles o emaranhado de luzes de uma pequena cidade, e ao passo que foram adentrando, passando por barracas de frutas e verduras, barracões, mercados, crianças que jogavam bola na rua e pessoas sentadas contemplando o pôr do sol, notaram que, apesar do estado em que se encontravam, ninguém dava a mínima para eles.

Nesse ponto da narrativa, Marco olhava nos olhos de Alberto e dizia: como se nós fôssemos fantasmas. Mais tarde, continuava, conseguimos pegar uma condução que nos levou, numa viagem de doze horas, até Miracema, a capital do estado então, onde passamos toda uma tarde. Foi numa feira de rua em Miracema que comprei a estatueta de São Francisco, como uma forma de não esquecer o que ele fez por mim, e também um livro sobre os povos originários da região. Dentro do monomotor militar que pegamos naquela noite — após telefonemas exaustivos para a embaixada —, quando todos dormiam e a aeronave atravessava nuvens escuras de sonho, comecei a ler sobre o povo Apinajé.

Iluminado pela lanterna que trazia consigo, Marco leu que os Apinajé, ou Apinayé, são classificados como Timbiras Ocidentais. Possuem uma divisão social sofisticada, que, como é o caso de quase todas as tribos brasileiras, é perturbada pelo projeto desenvolvimentista do homem branco. Um dia, possuíram aldeias muito populosas, mas foram invadidas por famílias de migrantes e atravessadas e mutiladas por estradas, como a Belém-Brasília e a Transamazônica.

"Como para a maioria dos grupos indígenas do Brasil", lia Marco após pular algumas páginas, "para os Apinajé os elementos da 'natureza' (sobretudo os animais) nunca são apreendidos como únicos ou isolados, mas como partícipes de uma cadeia de relações que envolve de uma só vez os humanos e não humanos e estes entre si. Nesse sentido, caçar significa interagir com forças simbólicas da natureza, pois toda caça possui uma subjetividade particular que coloca a relação predador/presa como uma relação entre sujeitos. A mitologia também enfatiza a 'humanidade' dos animais, dado que 'antes todos os bichos falavam', como dizem; os animais são tidos como ex-humanos, a concepção indígena neste ponto se diferenciando radicalmente da cosmologia da chamada sociedade ocidental, para quem a condição 'comum' entre os humanos e os bichos é a 'animalidade'.

O curioso, dizia Marco, é que foi só depois de chegar em Buenos Aires, deixar as malas sobre a cama, acender um cigarro e largar o peso do corpo sobre o sofá que eu entendi de onde vinha a aparição de São Francisco na minha mente, naquele momento à beira do rio. Era a decodificação, por meio das minhas referências culturais, da energia daquela mata que envolveu a todos nós na palhoça. São Francisco era com o que meu inconsciente se saíra para dar corpo a um espírito que me protegia e que se manifestou no momento exato, alterando uma realidade – a realidade da morte, dos nossos corpos afundados num rio, enterrados em nosso próprio anonimato – que eu mesmo havia criado. Poderia ter sido outro santo, qualquer um da imensa hierologia do seminário, mas foi a relação de São Francisco com os animais, assemelhando-se às crenças de uma comunidade que eu desconhecia, no que se refere à não distinção do animal e do homem no espaço, apenas no tempo, que me fez ver o *beat* franciscano naquela manhã.

Não cheguei a me tornar devoto de São Francisco, concluía, servindo-se de mais vinho, mas sim devoto destas forças entrecruzadas, que estão continuamente estabelecendo relações, provocando imagens que podem ser flagradas por aqueles que se encontram nos tais estados liminares.

Flores segura o santo bem perto do rosto, como se quisesse registrar cada uma das falhas da goiva, e se lembra que Marco o presenteou com a estátua na manhã de inverno em que ele e a mãe pegaram o avião para o Brasil. Vai te proteger como me protegeu. Depois lhe deu um abraço de urso e desapareceu entre as pessoas no aeroporto.

Consuelo e Roberto Flores foram os últimos perseguidos políticos que Marco conseguiu tirar da

Argentina. Aconteceu alguns anos depois que retornou de suas viagens. Logo que a ditadura estourou, começou a se envolver com grupos revolucionários que viram nele um homem que poderia passar despercebido. Possuía um charme e uma prosódia que tornavam suas ideias incompreensíveis e perigosas em propostas irrecusáveis. Assim foi se infiltrando pelos corredores de repartições públicas. Consulados, cartórios, delegacias, embaixadas, em cada edifício oficial Marco tinha um amigo disposto a ajudar. Sabia, é claro, que a estratégia era perecível, mas como bom revolucionário pensava em morrer atirando. Numa tarde em que um grupo havia tentado assalto à mão armada ao Banco Nacional e fracassado, Marco e outros companheiros, sentados no apartamento de um deles em Villa Azul, tiveram certeza de que os assaltantes iam entregar o serviço. Não que não confiassem neles, pelo contrário, mas havia um garoto novo, Gómez, de quem já desconfiavam, que, sem dúvidas, assinaria a confissão por todos. Dito e feito. No dia em que Marco se despediu de Roberto na sala de embarque do Ministro Pistarini, dirigiu até um telefone público e discou o número de Lucas, que manufaturava explosivos, sem resposta; discou o número de Carla, que dirigia caminhões e furgões como se fossem carrinhos de brinquedo, sem resposta; discou o número de Torres, que era um gênio em matemática e armamentos, sem resposta; discou o número de Raúl, que tinha contato com os camponeses, sem resposta. Discaria outros, mas, de repente, se viu sem moedas e deixou o telefone pendurado. Abandonou o carro onde havia estacionado e saiu andando pelas ruas de Avellaneda. Parou num bar que costumava frequentar, o Él Castel, e tomou três, quatro chopes preguiçosos, antes de pegar um ônibus para o Centro. Era inverno, fazia frio e as noites vinham mais cedo. Marco enrolou o cachecol no pescoço e atravessou a Plaza del Congreso. Escolheu um banco bem no centro da praça, sentou, acendeu um cigarro e esperou. Só um pouco depois disso viu os homens que caminhavam em sua direção. Não ia oferecer resistência, não ia dar um escândalo. Àquela hora, a praça estava praticamente vazia, e se alguém o ouvisse não faria diferença. Meio bêbado, se levantou e disse "cavalheiros...", e os dois, vestidos como civis, com blazers escuros, camisetas brancas e calças jeans, ambos mais jovens do que ele, o conduziram para um Volkswagen prateado. Carro do povo, pensou Marco. São uns piadistas, uns piadistas de merda.

A cela onde o jogaram, no quesito isolamento, não lembrava em nada a palhoça dos Apinajé. Mesmo que em ambas as situações estivesse sendo mantido preso contra sua vontade, ali estava sozinho e pressentia nas paredes rastros de sangue. Durante um tempo indeterminado, se encostou num canto, abraçou os joelhos e ficou escutando gritos. Não sabia se os gritos vinham do seu interior ou se atravessavam a parede de outras celas até chegarem em seus ouvidos. Dormiu e teve pesadelos. Sentiu frio, fome, sede, mas em nenhum momento abandonou sua posição de feto. Via a si mesmo como um ponto minúsculo dentro de uma cela minúscula dentro de uma prisão minúscula dentro de uma cidade minúscula dentro de um país minúsculo dentro de um continente minúsculo dentro de um planeta minúsculo dentro de um sistema solar minúsculo dentro de uma galáxia minúscula dentro de um universo imenso. Em algum momento, enquanto dormia, a porta da cela abriu e Marco foi conduzido por um corredor. Havia celas gradeadas, e em alguns corpos atirados no chão julgou reconhecer seus amigos. Chegaram a uma sala que parecia a mistura de um açougue com um centro cirúrgico. Um homem fantasiado de médico e outro de general o aguardavam. Lhe aplicaram eletrochoques. Fizeram com que bebesse da própria urina, e o líquido desceu queimando sua garganta. Teve vontade de vomitar, mas não encontrou forças. Espancaram as palmas de suas mãos e as solas de seus pés com uma tábua de madeira. Bateram nas suas costelas com um cano de ferro torcido. O mais curioso, pensaria Marco mais tarde, andando pela estrada, é que não fizeram nenhuma pergunta. Não o interrogaram atrás de nomes, endereços, números de telefone, nada. Não pediram para reconhecer outros prisioneiros nem dar as coordenadas dos próximos planos. Só o espancaram, como se o punissem. Como se buscassem, junto com seu sangue e sua dignidade, tirar dele qualquer rastro de charme e eloquência. Como se fosse possível extrair da vida a própria vida. Depois o arrastaram de volta pelo corredor e o trancaram na mesma cela. Não pôde voltar à posição fetal, pois qualquer movimento ardia, e ficou deitado, observando o teto. A dor havia encontrado um extremo, e, numa espécie de transe, ele sentia-se sereno. Quando conseguiu ficar de pé, passou horas, horas que poderiam ser meses, andando de um lado para o outro da cela. Em seis passos compreendia o espaço inteiro, e em pouco tempo havia decorado cada uma das reentrâncias, cada um dos buracos no cimento, cada uma das manchas no chão. Então a porta da cela abriu outra vez. Arrastaram-no pelo mesmo corredor, onde dessa vez ele julgou ver cadáveres de crianças, até a mesma sala. E dos mesmos médico e do general recebeu o tratamento de eletrochoques e espancamentos. Muitas vezes aconteceu isso. O levavam de volta, e quando finalmente podia se erguer, caminhar de um lado para o outro, o que fazia obstinadamente, se apropriando dos detalhes daquele lugar, a porta abria e o conduziam para a câmara de tortura. Muitas vezes, até que o processo se interrompeu. Passou o que devem ter sido semanas sem a visita de ninguém, apenas de ratos que compartilhavam com ele os pedaços de pão e verdura crua que enfiavam por debaixo da porta. Até que um dia, novamente enquanto dormia, a porta se abriu uma última vez. Dois soldados o vestiram com uma japona de couro que cobriu os trapos que haviam virado suas roupas, o calçaram com duas botas pretas e o levaram a um pátio. O sol o cegou, derramando um branco intenso sobre seus olhos de toupeira, e ele não podia ver o que se passava. Aos poucos, acostumando-se à claridade, percebeu que se dirigiam a um portão gradeado. Do lado de lá, havia uma estradinha de terra ladeada por plátanos imensos, e foi nesse ponto que os soldados soltaram seus braços e disseram: vai, vai, anda, *hijo* da puta. Marco obedeceu. Começou a andar e a cada dez metros precisava se escorar num tronco para não cair. Ouvia os gritos dos policiais. Tudo não passa de um jogo, pensou, um grande jogo sádico. Daqui a pouco virão me buscar. Mas não foi o que aconteceu. Após várias horas, Marco chegou a um trecho da estrada onde, atravessando uma cerca de arame farpado, poderia alcançar um lago. Com dificuldade, se esgueirou entre o arame, rolou por um barranco e parou bem rente à água. Mergulhou as mãos e as usou para matar a sede. Derramou água sobre a cabeça. Despindo-se para um mergulho, percebeu o peso no bolso da japona. Era uma Colt. 45. Parado no meio do nada com a pistola na mão, Marco viu um bando de andorinhões levantar voo para o norte.

Mas Flores não sabe de nada disso. A verdade é que ninguém sabe disso. Flores sabe que Marco e seu pai eram amigos desde a escola e que juntos cresceram, buscando, na sociedade conservadora, ampliar suas ideias sobre música, teatro, revolução e consciência. Que juntos começaram a estudar teorias marxistas e a obra de Raoul Vaneigem. Que juntos produziram sua primeira bomba caseira e a detonaram no banheiro de uma delegacia. Que juntos passaram três dias escondidos na tubulação do esgoto, pressentindo coturnos negros e cães farejadores sobre suas cabeças. Que juntos, os dois e Consuelo planejavam sequestrar o filho do embaixador norte-americano. Que juntos tiveram noitadas memoráveis, onde não faltavam vinho e histórias absurdas, muitas delas inventadas, nem olhares de ternura e abraços para afugentar o terror daqueles tempos.

O resultado disso tudo, pensa Flores, sou eu. Somos nós. Em cada guarda-chuva que se fecha e unha roída, em cada álbum de fotografias que ninguém olha e cada trem do metrô que avança, estão refletidos os estilhaços dessa história imensa e ruidosa como uma fera, um continente; uma história abrigando tantas outras histórias pequenas, efêmeras, que buscam capturar a si mesmas por meio das novelas curtas, das fotografias, dos poemas rabiscados às pressas num guardanapo, das canções tristes, dos casacos velhos e dos discos de vinil, dos livros despedaçados pelo uso, das visões de deslumbre e melancolia, como uma forma de refletir a luz mesmo quando soterradas no lamaçal da violência e do desaparecimento. Tudo para abrir espaço, se fazer caber e sobreviver no mesmo mundo cruel em que amigos se perdem de vista, algumas pessoas enlouquecem de solidão, outras de tristeza, e há sempre aquelas que, tanto tempo depois, ao se esbarrarem na rua, detêm-se uma nos traços da outra e, por um segundo, quase — quase — se reconhecem.

Epílogo

– Um maço de Camel azul, por favor.

verão, 2023
são paulo, sp

Impresso para
a editora Diadorim em julho de 2023

Fontes
BC Ludva
Book Antiqua